趣味 識字・組詞
漢語拼音故事 ②

qù wèi shí zì zǔ cí
hàn yǔ pīn yīn gù shi

宋詒瑞 編著

白兔請客

新雅文化事業有限公司
www.sunya.com.hk

U0111069

掌握方法，快速積累詞彙好容易

小朋友，你們在寫作文的時候，是不是總會有這樣的苦惱：我有很多話要說，但是不知道怎麼寫出來；我要說的意思，應該用哪些詞彙來表達呢？

對，這是我們每個人在寫作時都曾有過的煩惱。這說明，我們腦中所知道的詞彙還不夠多，不夠用來表達我們的所思所想。但是不用怕，我們正在努力幫助你們解決這個問題。

要想寫好作文，要想把我們心中所思所想的東西暢快、完整地表達出來，最重要，也是最基本的第一步就是要儘快豐富我們的詞彙量。

《趣味識字·組詞漢語拼音故事》就是專為幫助你們學習漢字、快速豐富你們的詞彙量而設計編寫的普通話故事書。它具有以下特點：

1. 專為小學生而設：書中所選的字和詞語出自香港教育局頒布的香港學生「小學學習字詞表」，這是香港學生在小學階段必須學習的語文教學內容。

2. 字詞量豐富：4 冊故事按筆畫序，從「小學學習字詞表」挑選 160 個必學字，以及由這些字構成的詞語約 3,200 個，再加上由這些字和詞語引伸出去的常用詞語，約收集超過 4,800 個常用詞，大大豐富了小學生的詞彙量。

3. 方法巧妙，易學易記：本書用「以字帶詞語」的方法，把同一個字組成不同的詞語，例如：工——工匠、工具、工藝、工地、工人、工程、工作、工資、工序、工會、工友、工業、工廠、工場、工傷、工蟻、工程師、工商業、工作證、工具書等，集中在一起，從中挑選 8-12 個常用詞語，巧妙地編寫成一個有趣的故事，不但令你在短時間

內學會大量字和詞語，而且通過故事裏的句子，讓你在具體的語境裏，直觀地理解這些詞語的含義，以及掌握到這些詞語的正確用法，達到事半功倍的學習效果。

4. **語文遊戲多元化，活學活用**：每個故事後面設計 1-2 題的語文練習小遊戲，讓你立即檢測學習成效，並可作延伸學習，進一步豐富你的詞彙量。而故事下方的「我會接龍」，則把詞語擴展到更廣闊的層面，也可啟發你：學習詞語可以有多種方法。

5. **附加詞語解釋，助你快速掌握詞語含義**：考慮到初小學生的語文水平，每個故事還為一些程度稍深的詞語作了注釋，幫助你閱讀理解。

6. **查閱詞語的好幫手**：書末附加「小學生語文學習字詞表」，收集了香港學生「小學學習字詞表」裏的大部分詞語，可供你做組詞練習或寫作文時查閱用，也可供教師課堂上使用。

7. **有趣實用的普通話學習教材**：全書配上漢語拼音，以及普通話朗讀，你可以邊聽錄音邊跟着朗讀。這樣，學完這套 4 冊故事書的 164 個故事之後，你不僅掌握了大量的漢語詞彙，還有可能會說一口標準的普通話呢！

小朋友，當我們掌握了「以字帶詞語」的學習方法後，快速地豐富我們的詞彙量就很容易了；而當我們積累了豐富的詞彙，就可暢快、完整地地表達出我們的思想。這樣，寫好一篇文辭優美、情感豐富的好文章便不再是一件困難的事情啦！

目錄

（第二冊，收集40個六畫至九畫的小學生必學字。）

6358_001

sū shì fù zi
蘇氏父子

běi sòng shí qī，sū xún hé tā de liǎng gè ér zi sū shì、sū zhé tóng wéi
北宋時期，蘇洵和他的兩個兒子蘇軾、蘇轍同為

chū sè de sǎn wén jiā，bèi liè wéi táng sòng bā dà jiā zhī nèi，qí zhōng wén xué
出色的散文家，被列為唐宋八大家之內，其中文學

chéng jiù zuì gāo de sū shì zuì chū míng
成就最高的蘇軾最出名。

sū xún běn shēn hěn yǒu xué wen，dàn shì tā duō cì fù jīng gǎn kǎo，cì cì
蘇洵本身很有學問，但是他多次赴京趕考，次次

míng luò sūn shān①。yú shì tā xià jué xīn hǎo hǎo péi yǎng liǎng ge ér zi chéng cái，
名落孫山①。於是他下決心好好培養兩個兒子成才，

ràng tā men bài míng jiā wéi shī，shóu dú jīng shū
讓他們拜名家為師，熟讀經書。

sū shì de mǔ qīn chū shēn míng mén②，tā hěn zhù zhòng duì hái zi de pǐn dé
蘇軾的母親出身名門②，她很注重對孩子的品德

jiào yù，shí shí duì tā men jiǎng yì xiē jìn zhōng bào guó de míng jiàng hé míng rén de
教育，時時對他們講一些盡忠報國的名將和名人的

gù shi，yīn cǐ sū shì cóng xiǎo jiù jù yǒu ài guó yōu mín de xiōng huái
故事，因此蘇軾從小就具有愛國憂民的胸懷。

sū shì èr shí suì nà nián，qù jīng chéng cān jiā kǎo shì，míng liè qián máo③，
蘇軾二十歲那年，去京城參加考試，名列前茅③，

cóng cǐ míng shēng dà zhèn。tā de shì tú bìng bú shùn lì，chù chù shòu dào pái
從此名聲大振。他的仕途並不順利，處處受到排

我會接龍

míng shèng → shèng lì → lì yì → yì chù → chǔ lǐ → lǐ niàn
名勝 → 勝利 → 利益 → 益處 → 處理 → 理念

jǐ　　　dàn shì tā měi dào yí dì dāng guān　　bì dìng wèi bǎi xìng zháo xiǎng　zuò le hěn
擠。但是他每到一地當官，必定為百姓着想，做了很

duō hǎo shì　　shì yí wèi míng fù qí shí de hǎo guān
多好事，是一位名副其實的好官。

sū shì xiě le　jǐ qiān shǒu shī cí　　tā de shī wén háo fàng xiāo sǎ　kuài zhì
蘇軾寫了幾千首詩詞，他的詩文豪放瀟灑，膾炙

rén kǒu　　shì yí wèi míng chuí qiān gǔ　de dà wén xué jiā
人口，是一位名垂千古④的大文學家。

注：
① 名落孫山：指考試或選拔沒有被錄取。
② 名門：指有聲望的人家。
③ 名列前茅：指名次列在前面，好比古時拿茅當
　　　　　　旗子走在隊伍前面的人。
④ 名垂千古：好的名聲永遠流傳。

 語文遊戲

為成語配對並連線。

名川　　　　青史
莫名　　　　虛傳
名存　　　　大山
名不　　　　古跡
名垂　　　　其妙
名勝　　　　言順
名正　　　　實亡

niàn xiǎng　　xiǎng niàn　　niàn tou　　tóu tóu shì dào
→ 念 想 → 想 念 → 念 頭 → 頭 頭 是 道

hé
合一
liù huà
（六畫）

hé shì　hé yì　hé lǒng　hé zuò　hé lì　hé bu lǒng zuǐ
合適、合意、合攏、合作、合力、合不攏嘴、

hé qíng hé lǐ　tóng xīn hé lì
合情合理、同心合力

6358_002

「合」字的奧妙

yǒu rén gěi cáo cāo sòng lái yì tán jiǔ　cáo cāo hē le yì kǒu　jué de jiǔ wèi
有人給曹操送來一罈酒。曹操喝了一口，覺得酒味

bù nóng bú dàn　hěn hé shì　biàn zài tán zi gài shang dà bǐ yì huī　xiě le yí
不濃不淡，很合適，便在罈子蓋上大筆一揮，寫了一

ge hé zì
個「合」字。

tā xiě wán le zì jiù bù shēng bù xiǎng huī hui xiù zǒu le　shǒu xià rén dōu wéi
他寫完了字就不聲不響揮揮袖走了。手下人都圍

lǒng lái cāi cè zhè ge　hé zì de yì si
攏來猜測這個「合」字的意思。

yǒu rén shuō　　tā shì bu shì zhǐ zhè tán jiǔ de wèi dào hěn hé yì
有人說：「他是不是指這罈酒的味道很合意①？」

yǒu rén shuō　　tā shì bu shì zhǐ zhè tán jiǔ de gài zi yào yì zhí hé lǒng zhe
有人說：「他是不是指這罈酒的蓋子要一直合攏着

bié dǎ kāi　miǎn de zǒu le jiǔ wèi
別打開，免得走了酒味？」

gèng duō rén shì yáo yao tóu　shuō　　zhè shì shén me yì si　kàn bù dǒng
更多人是搖搖頭，說：「這是什麼意思？看不懂。」

yáng xiū què hā hā dà xiào shuō　　zhǔ gōng shì yào wǒ men dà jiā hé zuò bàn
楊修卻哈哈大笑說：「主公是要我們大家合作辦

shì　hé lì xiāo miè zhè tán jiǔ　shuō zhe　tā dǎ kāi jiǔ tán gài zi　duān qǐ
事，合力消滅這罈酒！」說着，他打開酒罈蓋子，端起

我會接龍

hé zhào　　zhào piàn　　piàn miàn　　miàn qián　　qián mian
合照 → 照片 → 片面 → 面前 → 前面

lai hē le yì kǒu
來喝了一口。

　　dà jiā jīng yà de　hé bu lǒng zuǐ　　yáng xiū jiě shì shuō　　zhǔ gōng bú
　　大家驚訝得合不攏嘴②，楊修解釋説：「主公不
shì xiě míng le　　　měi rén yì kǒu ma　　yì rén yì kǒu　　bú jiù shì　hé
是寫明了——每人一口嗎？一人一口，不就是「合」
zì ma　　　　dà jiā jué de tā jiě shì de hé qíng hé lǐ　　biàn yì rén yì kǒu
字嗎？」大家覺得他解釋得合情合理③，便一人一口，
tóng xīn hé lì　　　hē wán zhè tán jiǔ
「同心合力④」喝完這罈酒。

注：
① 合意：合乎心意。
② 合不攏嘴：張大着嘴笑個不停。
③ 合情合理：合乎情理。
④ 同心合力：齊心協力。

語文遊戲

1. 搭配同義詞並連線。
   合意　合作　合同　同心合力　合情合理

   合約　中意　協作　合乎情理　齊心合力

2. 搭配反義詞並連線。
   合法　合意　合併　合力　合資　合羣

   違意　孤獨　分力　獨資　違法　分開

miàn miàn jù dào　　　dào lái　　　lái lín　　　lín shí　　shí jiān
→ 面 面 俱 到 → 到 來 → 來 臨 → 臨 時 → 時 間

huí
回 ——
liù huà
（六畫）

dà dì chūn huí　huí fù　huí lai　zhǎo huí　huí shēng　huí dàng
大地春回、回復、回來、找回、回聲、回盪、

huí jiā　huí kuì　huí shǒu wǎng shì　huí gù
回家、回饋、回首往事、回顧

6358_003

冬去春來
dōng　qù　chūn　lái

dōng qù chūn lái，　大地春回，　bīng xuě róng huà　　tū shù chōu yá
冬去春來，大地春回，冰雪融化，禿樹抽芽，

dào chù yí piàn xīn xīn xiàng róng de jǐng xiàng
到處一片欣欣向榮的景象。

shé hé wū guī dōu jié shù le dōng mián　　huí fù dào yuán xiān de qīng xǐng zhuàng
蛇和烏龜都結束了冬眠，回復到原先的清醒狀

tài　　pá chū dòng xué
態，爬出洞穴。

hòu niǎo cóng nán fāng fēi le huí lai　zhǎo huí le yuán xiān de cháo xué　zhǔn
候鳥從南方飛了回來，找回了原先的巢穴，準

bèi shēng yù ér nǚ
備生育兒女。

bù gǔ niǎo zài kōng zhōng fēi xiáng shēng shēng jiào huàn　tí xǐng nóng mín men wù
布穀鳥在空中飛翔，聲聲叫喚，提醒農民們勿

wù nóng jī　kāi shǐ chūn gēng　tā men de jiào shēng zài shān gǔ zhōng jī qǐ zhèn zhèn
誤農機，開始春耕。牠們的叫聲在山谷中激起陣陣

huí shēng　zài kōng kuàng de tiān dì zhōng huí dàng
回聲①，在空曠的天地中回盪②。

chuán tǒng de chūn jié qián　fēn sàn zài tiān nán dì běi gōng zuò de rén men fēn
傳統的春節前，分散在天南地北工作的人們紛

fēn shè fǎ huí jiā　yǔ jiā rén tuán jù　yì qǐ guò yí ge kuài kuai lè lè de chūn
紛設法回家，與家人團聚，一起過一個快快樂樂的春

我會接龍

huí liú　liú làng　làng zi huí tóu　tóu mù　mù guāng
回流 → 流浪 → 浪子回頭 → 頭目 → 目光

<ruby>節<rt>jié</rt></ruby>。<ruby>兒<rt>ér</rt></ruby><ruby>女<rt>nǚ</rt></ruby><ruby>們<rt>men</rt></ruby><ruby>帶<rt>dài</rt></ruby><ruby>來<rt>lái</rt></ruby><ruby>了<rt>le</rt></ruby><ruby>豐<rt>fēng</rt></ruby><ruby>盛<rt>shèng</rt></ruby><ruby>的<rt>de</rt></ruby><ruby>禮<rt>lǐ</rt></ruby><ruby>物<rt>wù</rt></ruby>，<ruby>回<rt>huí</rt></ruby><ruby>饋<rt>kuì</rt></ruby>③<ruby>父<rt>fù</rt></ruby><ruby>母<rt>mǔ</rt></ruby><ruby>多<rt>duō</rt></ruby><ruby>年<rt>nián</rt></ruby><ruby>養<rt>yǎng</rt></ruby><ruby>育<rt>yù</rt></ruby><ruby>之<rt>zhī</rt></ruby><ruby>恩<rt>ēn</rt></ruby>。

　　<ruby>在<rt>zài</rt></ruby><ruby>一<rt>yì</rt></ruby><ruby>年<rt>nián</rt></ruby><ruby>結<rt>jié</rt></ruby><ruby>束<rt>shù</rt></ruby><ruby>之<rt>zhī</rt></ruby><ruby>際<rt>jì</rt></ruby>，<ruby>人<rt>rén</rt></ruby><ruby>們<rt>men</rt></ruby><ruby>往<rt>wǎng</rt></ruby><ruby>往<rt>wǎng</rt></ruby><ruby>要<rt>yào</rt></ruby><ruby>坐<rt>zuò</rt></ruby><ruby>下<rt>xià</rt></ruby><ruby>來<rt>lai</rt></ruby><ruby>回<rt>huí</rt></ruby><ruby>首<rt>shǒu</rt></ruby><ruby>往<rt>wǎng</rt></ruby><ruby>事<rt>shì</rt></ruby>④，<ruby>回<rt>huí</rt></ruby><ruby>顧<rt>gù</rt></ruby><ruby>這<rt>zhè</rt></ruby><ruby>一<rt>yì</rt></ruby><ruby>年<rt>nián</rt></ruby><ruby>來<rt>lái</rt></ruby><ruby>的<rt>de</rt></ruby><ruby>經<rt>jīng</rt></ruby><ruby>歷<rt>lì</rt></ruby>，<ruby>總<rt>zǒng</rt></ruby><ruby>結<rt>jié</rt></ruby><ruby>經<rt>jīng</rt></ruby><ruby>驗<rt>yàn</rt></ruby><ruby>教<rt>jiào</rt></ruby><ruby>訓<rt>xùn</rt></ruby>，<ruby>擬<rt>nǐ</rt></ruby><ruby>定<rt>dìng</rt></ruby><ruby>新<rt>xīn</rt></ruby><ruby>一<rt>yì</rt></ruby><ruby>年<rt>nián</rt></ruby><ruby>的<rt>de</rt></ruby><ruby>發<rt>fā</rt></ruby><ruby>展<rt>zhǎn</rt></ruby><ruby>大<rt>dà</rt></ruby><ruby>計<rt>jì</rt></ruby>。<ruby>春<rt>chūn</rt></ruby><ruby>天<rt>tiān</rt></ruby>，<ruby>是<rt>shì</rt></ruby><ruby>一<rt>yí</rt></ruby><ruby>個<rt>ge</rt></ruby><ruby>充<rt>chōng</rt></ruby><ruby>滿<rt>mǎn</rt></ruby><ruby>希<rt>xī</rt></ruby><ruby>望<rt>wàng</rt></ruby><ruby>的<rt>de</rt></ruby><ruby>季<rt>jì</rt></ruby><ruby>節<rt>jié</rt></ruby>。

注：
① **回聲**：聲波遇到障礙物反射回來再度被
　　　　聽到的聲音。
② **迴盪**：來回飄盪。
③ **回饋**：回報、報答。
④ **回首往事**：回憶過去的事。

語文遊戲

填空成句

回顧　回家　回饋　回歸

　　他年青時離家出走，一直沒有（　　　　）。好在他學了一身本事，投身公益工作，（　　　　）社會。（　　　　）往事，他深感對不起父母，毅然（　　　　）故鄉侍奉雙親。

dì qū　dì dài　dì shì　tiān dì　dì shang　dì xià　dì qiú
地區、地帶、地勢、天地、地上、地下、地球、

dì xīn　dì miàn　dì xīn yǐn lì
地心、地面、地心引力

6358_004

niú dùn de gù shi
牛頓的故事

niánqīng shí de niú dùn zhù zài xiāng xia　　zhè dì qū shì píngyuán dì dài
年青時的牛頓住在鄉下，這地區是平原地帶①，

tǔ dì féi wò　　dì shì píng tǎn　　sēn lín chéngpiàn　　guǒyuán chù chù
土地肥沃，地勢②平坦，森林成片，果園處處。

yǒu yì tiān　　niánqīng de niú dùn zuò zài yì kē píngguǒ shù xià xiū xi　　sī
有一天，年青的牛頓坐在一棵蘋果樹下休息，思

kǎo zhe tiān dì zhī jiān de ào miào　　zhè shì tā zuì ài zuò de shì
考着天地之間的奧妙，這是他最愛做的事。

yí zhèn fēng chuī lái　　píngguǒ shù zhī yáo huàng　　yí ge chéngshú de píngguǒ bèi
一陣風吹來，蘋果樹枝搖晃，一個成熟的蘋果被

fēng chuī de diào le xià lai　　dǎ zài niú dùn de tóu shang　　zài diē luò dào dì shang
風吹得掉了下來，打在牛頓的頭上，再跌落到地上。

niú dùn mō mo bèi píngguǒ dǎ tòng de tóu　　suí shǒu shí qǐ píngguǒ chī le qǐ
牛頓摸摸被蘋果打痛的頭，隨手拾起蘋果吃了起

lai　　tā yì biān chī yì biān xiǎng　　qí guài　　zhè píngguǒ wèi shén me wǎng dì xià
來。他一邊吃一邊想：奇怪，這蘋果為什麼往地下

diào　　ér bú shì wǎng tiān shang zǒu
掉，而不是往天上走？

ài hào xún gēn jiū dǐ de niú dùn jiù zhè jiàn shì jìn xíng le shēn rù yán jiū hé
愛好尋根究底的牛頓就這件事進行了深入研究和

dà liàng de shí yàn　　zuì zhōng tā fā xiàn　　dì qiú yǒu yì gǔ xī yǐn qí tā wù tǐ
大量的實驗，最終他發現：地球有一股吸引其他物體

我會接龍

dì zhì　　zhì dì　　dì píng xiàn　　xiàn tiáo　　tiáo lǐ　　lǐ yóu
地質 → 質地 → 地平線 → 線條 → 條理 → 理由

de lì lì de fāng xiàng zhǐ xiàng dì xīn dì qiú shang suǒ yǒu de dōng xi yí dàn shī
的力，力的方向指向地心，地球上所有的東西一旦失

qù zhī chēng bì rán huì zhuì xià diào xiàng dì miàn zhè jiù shì dì xīn yǐn lì
去支撐必然會墜下，掉向地面。這就是地心引力③。

zhè yàng niú dùn diàn dìng le jīng diǎn lì xué de jī chǔ chéng le jīng diǎn wù lǐ xué
這樣，牛頓奠定了經典力學的基礎，成了經典物理學

de chuàng shǐ rén
的創始人。

注：

① **地帶**：具有某種性質或範圍的一片地方。

② **地勢**：地面高低起伏的形勢。

③ **地心引力**：地球吸引其他物體的力，力的方
向指向地心。物體落到地上就是
這種力作用的結果，也叫重力。

語文遊戲

1. **為成語填空**

a. ( ) ( ) 人稀　b. 地大 ( ) ( )

c. 地 ( ) ( ) 荒　d. 天翻 ( ) ( )

e. 地 ( ) 山 ( )　f. 地利 ( ) ( )

2. **為成語配對並連線。**

天南　　　　　　地轉

天造　　　　　　地北

天旋　　　　　　地設

yóu lái　lái wǎng　wǎng lái　lái qù　qù diào
→ 由來 → 來往 → 往來 → 來去 → 去掉

duō zī duō cǎi　　duō kuī　　duō zhǒng　　duō yuán huà　　duō yàng
多姿多彩、多虧、多種、多元化、多樣、

hěn duō　　duō miàn shǒu　　duō me
很多、多面手、多麼

6358_005

bā xī jiā nián huá huì
巴西嘉年華會

xīn nián jià qī　　jiàn huá de bà ba dài quán jiā qù bā xī lǚ xíng　guān kàn
新年假期，建華的爸爸帶全家去巴西旅行，觀看

duō zī duō cǎi　de jiā nián huá huì
多姿多彩①的嘉年華會。

cān guān piào hěn jǐn zhāng　duō kuī　péng you bāng máng cái nòng dào shǒu
參觀票很緊張，多虧②朋友幫忙才弄到手。

yì lián wǔ tiān de jiā nián huá huì ràng jiàn huá quán jiā kàn de rú chī rú zuì
一連五天的嘉年華會讓建華全家看得如癡如醉。

bà ba shuō　bā xī de jiā nián huá huì jù yǒu ōu zhōu　fēi zhōu hé nán měi yìn dì
爸爸說，巴西的嘉年華會具有歐洲、非洲和南美印第

ān rén de duō zhǒng sè cǎi　tā qǐ yuán yú ōu zhōu　shì qìng zhù pú táo yá guó
安人的多種色彩。它起源於歐洲，是慶祝葡萄牙國

wáng shēng chén jǔ xíng de lián huān　hòu lái pú táo yá rèn mìng de bā xī guó wáng jiě
王生辰舉行的聯歡；後來葡萄牙任命的巴西國王解

fàng nú lì　rén men jiù kuáng huān qìng zhù zì yóu　jǐ bǎi nián lái chéng wéi yí ge
放奴隸，人們就狂歡慶祝自由，幾百年來成為一個

mín jiān jié rì
民間節日。

wǔ tiān de huó dòng hěn duō yuán huà　yǒu huā chē yóu xíng　sēn bā huáng hòu
五天的活動很多元化③，有花車遊行、森巴皇后

jìng xuǎn　sēn bā wǔ bǐ sài　huà zhuāng wǔ huì děng duō yàng xíng shì　rén men chuān
競選、森巴舞比賽、化妝舞會等多樣形式。人們穿

我會接龍

duō shao　　shào nián　　nián qīng　　qīng nián　　nián jì　　jì niàn
多少 → 少年 → 年青 → 青年 → 年紀 → 紀念

着色彩鮮豔的奇裝異服，熱情洋溢地又唱又跳，又演奏樂器，很多人都是多面手④。處處洋溢着歡樂的氣氛，人人臉上喜氣洋洋。建華驚歎道：「狂歡的人們是多麼快樂啊！真要多謝爸爸給了我們這樣的新年禮物！」

注：

① 多姿多彩：形式不單調，有多種花樣和樣式的。

② 多虧：由於別人的幫助或某種有利因素，避免了不幸或得到了好處。

③ 多元化：不單一，而是有多種多樣多方面的形式。

④ 多面手：擅長多種技能的人。

語文遊戲

選詞填空

多才多藝　多姿多彩　多多益善　多面手　多種多樣

今天演出真精彩，節目（　　　　），形式（　　　　），演員都是（　　　　），個個（　　　　），這樣的演出以後我還想看，（　　　　）嘛！

→ 念念不忘 → 忘記 → 記錄 → 錄音

hǎoshǒu　hǎopíng　hào qí　hǎokàn　hǎo bǐ　hǎoxiào
好手、好評、好奇、好看、好比、好笑、

hǎo shēng hǎo qì　hǎotīng　hǎoxiàng　hǎohǎo
好聲好氣、好聽、好像、好好

6358_006

huà　lóng　diǎn　jīng
畫龍點睛

zhāng shēng shì huà lóng de hǎo shǒu　　tā chángcháng zài yì xiē sì miào de
張生是畫龍的好手①，他常常在一些寺廟的

qiáng bì shang huà gè zhǒng gè yàng de lóng　zhè xiē lóngshēnxíng jiǎo jiàn　xíng tài huó
牆壁上畫各種各樣的龍，這些龍身形矯健、形態活

po　huò dé zhòng rén hǎopíng
潑，獲得眾人好評。

měi cì dāngzhāngshēng kāi shǐ zài qiángshang huà lóng de shí hou　rén men jiù
每次當張生開始在牆上畫龍的時候，人們就

hào qí de wéi le guò lai guān kàn　qí guài de shì　tā měi cì huà de lóngdōu méi
好奇地圍了過來觀看。奇怪的是，他每次畫的龍都沒

yǒu yǎn zhū　yí cì　yí wèi guānzhòng rěn bu zhù kāi kǒu pī píngdào　dōushuō
有眼珠。一次，一位觀眾忍不住開口批評道：「都說

nǐ huà de lóng hǎo kàn　kě shì méi yǒu yǎn zhū de lóng jiù hǎo bǐ shì méi yǒushēng qì
你畫的龍好看，可是沒有眼珠的龍就好比是沒有生氣

de huā duǒ　tài hǎo xiào le
的花朵，太好笑了！」

zhāngshēng méi yǒu shēng qì　hǎo shēng hǎo qì　jiě shì shuō　rú guǒ wǒ
張生沒有生氣，好聲好氣②解釋說：「如果我

diǎn le lóng de yǎn zhū　tā jiù huì fēi zǒu de
點了龍的眼珠，牠就會飛走的。」

nà rén bù xiāng xìn　cháo xiào shuō　nǐ shuō de hǎo tīng　nǎ huì yǒu
那人不相信，嘲笑說：「你說得好聽，哪會有

我會接龍

hǎo gǎn　gǎn dòng　dòng yáo　yáo dòng　dòng zuò　zuò wéi
好感 → 感動 → 動搖 → 搖動 → 動作 → 作為

zhè zhǒng shì　qǐng nǐ diǎn dian kàn
這 種 事！請 你 點 點 看！」

zhāng shēng jiù zài yì tiáo lóng de liǎn bù diǎn le yǎn zhū　tiān kōng mǎ shàng
張 生 就 在 一 條 龍 的 臉 部 點 了 眼 珠，天 空 馬 上

biàn hēi　diàn shǎn léi míng　zhǐ jiàn zhè tiáo lóng de liǎng yǎn jiǒng jiǒng fā guāng　hǎo
變 黑，電 閃 雷 鳴，只 見 這 條 龍 的 兩 眼 炯 炯 發 光，好

xiàng liǎng ge huǒ qiú nà yàng　suí zhe yì shēng xiǎng léi　tā guǒ zhēn téng kōng fēi zǒu
像 兩 個 火 球 那 樣，隨 着 一 聲 響 雷，牠 果 真 騰 空 飛 走

le　ér lìng yì tiáo méi diǎn jīng de lóng hái hǎo hǎo de liú zài qiáng shang
了，而 另 一 條 沒 點 睛 的 龍 還 好 好 的 留 在 牆 上。

注：
① 好手：精於某種技藝的人，能力很強的人。
② 好聲好氣：語調柔和，態度溫和。

語文遊戲

1. **尋找近義詞，並連線。**

好看　好笑　好聽　好像　好手　好評

高手　讚揚　美觀　好似　悅耳　可笑

2. **尋找反義詞，並連線。**

好意　好吃　好看　好轉　好心　好友

醜陋　惡化　損友　惡意　難吃　壞心

wéi suǒ yù wéi　　wèi rén　　rén wéi　　wéi rén fù mǔ
→ 為 所 欲 為 → 為 人 → 人 為 → 為 人 父 母

6358_007

爺爺退休了

爺爺和小明一家同住。今年他退休了，遠在美國加拿大的幾個子女都來電祝賀。爸爸對爺爺說：「您勞累了一輩子，現在安心在家休息，安度晚年吧。」

爺爺回顧自己的一生，感慨地說：「我這一生的日子都過得很平靜很安定——上學二十年，之後開始工作，一切都很順利，一生平平安安，可以說是安居樂業①吧。你們這幾個孩子也很爭氣，學有所成，安分守己②，現在都已在各地安家落戶③，我每晚都能睡個安穩覺。」

可是爺爺不甘心安閒地坐在家裏。他為自己安排了豐富的生活內容：每天晨運，每周三次做義工，

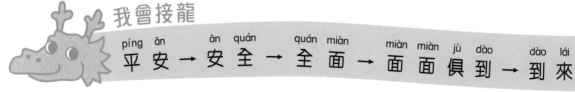

我會接龍

píng ān　　ān quán　　quán miàn　　miàn miàn jù dào　　dào lái
平安 → 安全 → 全面 → 面面俱到 → 到來

在家教小明書法畫畫，空閒時探親訪友。爺爺身體健康，全家生活得愉快又安康。

注：

① **安居樂業**：安定地生活，愉快地勞動。

② **安分守己**：規矩老實，不做違法亂紀的事。

③ **安家落戶**：在他鄉安置家庭並定居。

語文遊戲

1. 以下哪些字可以和「安」搭配成有意義的詞，請圈出來。

安

度／量　　健／康　　心／胸　　組／裝　　空／閒　　詳／細

2. 為成語填空

a. 心（　　）不安

b. 安於（　　）（　　）

c. （　　）立不安

d. 安（　　）守（　　）

e. 安家立（　　）

f. 安（　　）落（　　）

→ 來臨 → 臨時 → 時間 → 間隔 → 隔牆有耳

nián
年一
liù huà
（六畫）

年底、年關、拜年、老年、新年、年花、過年、
年貨、年糕、年夜飯

6358_008

年獸的故事

傳說太古時期，有一種怪獸叫「年」，他面目猙獰，生性兇殘，平時躲在深山密林中吃飛禽走獸，每到年底就來到村裏吃人。人們很怕過年關①，年初見了面就互相拜年問好，慶賀大家沒被年獸吃掉。

為了解救老百姓，天上的紫微星化身為一個白髮蒼蒼的老年人，來到村裏告訴人們說：「年獸怕紅怕光怕聲響，你們想辦法對付牠吧。」。

人們就在新年前在大門上張貼紅色的春聯，掛大紅燈籠，擺上大紅年花，窗上貼紅色剪紙；人人身穿紅衣；除夕夜和新年裏到處敲鑼打鼓、點放鞭炮，火光融融，噼啪作響。果然，年獸進村

我會接龍

年代 → 代替 → 替代 → 代表 → 表白 → 白天

見到一片紅色和震耳欲聾的響聲，嚇得掉頭就逃，從此不敢再來。

自此，人們過年前買年貨②，做年糕，闔家平平安安吃年夜飯③，過春節的風俗就此流傳了下來。

注：
① 年關：舊例在農曆年底結帳，欠租、負債的人覺得過年像過關一樣難，所以稱為年關。
② 年貨：過農曆年時的應時物品，如糕點、年畫、鞭炮等。
③ 年夜飯：農曆一年最後一天的夜晚，在外的親人都要回家一起吃頓團圓飯，叫年夜飯。

語文遊戲

下面的物品名稱中，哪些是和過年有關的，請圈出來。

年糕　　粽子　　　年花　　　春聯

月餅　　年夜飯　　鞭炮　　　漢堡包

→ 天明 → 明天 → 天分 → 分外

chéng rén　chéng jiù　chéng lì　chéng qiān shàng wàn　biàn chéng
成人、成就、成立、成千上萬、變成、

yí shì wú chéng　chéngběn　chéng wéi　wán chéng　chéng jiā lì yè
一事無成、成本、成為、完成、成家立業、

chéng bài　chéngshú
成敗、成熟

6358_009

sān ge ér zi
三個兒子

fù shāng de sān ge ér zi yǐ zhǎng dà chéng rén　fù shāng yì zhí zài sī kǎo
富商的三個兒子已長大成人，富商一直在思考

shéi wéi zì jǐ de jì chéng rén　zuì hòu tā bǎ sān ge ér zi jiào lái shuō　wǒ gěi
誰為自己的繼承人，最後他把三個兒子叫來說：「我給

nǐ men měi rén yì bǐ zī jīn　nǐ men chū qu chuǎng tiān xià　sān nián hòu huí lai jiàn
你們每人一筆資金，你們出去闖天下，三年後回來見

wǒ　bào gào nǐ men de chéng jiù
我，報告你們的成就。」

lǎo dà yòng xīn bú zhèng yòng zhè bǐ qián chéng lì le yì jiā gōng sī　hǒng piàn
老大用心不正，用這筆錢成立了一家公司，哄騙

chéng qiān shàng wàn　rén lái tóu zī　rán hòu juǎn kuǎn qián táo　dōng chuāng shì fā
成千上萬①人來投資，然後捲款潛逃。東窗事發，

lǎo bǎn biàn chéng jiē xià qiú　pàn xíng liǎng nián　huī tóu tǔ liǎn huí jiā lái
老闆變成階下囚，判刑兩年，灰頭土臉回家來。

lǎo èr bù shí shì shì　wù jiāo le yì bān jiǔ ròu péng you　huā tiān jiǔ dì yòng
老二不識世事，誤交了一班酒肉朋友，花天酒地用

jìn le tā de qián　sān nián hòu tā yí shì wú chéng　liǎng shǒu kōng kōng huí jiā zhuǎn
盡了他的錢。三年後他一事無成②，兩手空空回家轉。

lǎo sān xiōng yǒu dà zhì　tā xiān huā yì nián shí jiān qù jìn xiū　xué dé yì mén
老三胸有大志，他先花一年時間去進修，學得一門

jì yì　rán hòu zì jǐ chuàng yè　yì nián hòu yǐ zhuàn huí chéng běn　liǎng nián hòu
技藝，然後自己創業，一年後已賺回成本，兩年後

我會接龍

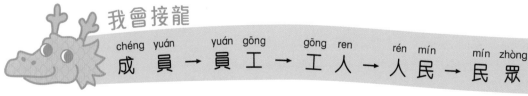

chéng yuán　yuán gōng　gōng ren　rén mín　mín zhòng
成員 → 員工 → 工人 → 人民 → 民眾

公司擴展，他成為連鎖店的老闆，完成了成家立業③的目標，衣錦還鄉。

富商把家業分給三人管理，說：「三年內你們的成敗經歷使你們都成熟④了，相信你們都知道了該怎樣走自己的人生路。」

注：
① 成千上萬：形容數量非常多。
② 一事無成：連一樣事情也沒做成，什麼事情都做不成。
③ 成家立業：指結了婚，有了一定的職業或建立了某項事業。
④ 成熟：積累了經驗，發展到完善的程度。

語文遊戲

尋找近義詞並連線。

成就　成立　成名　變成　成因　成長　現成

建立　生長　出名　現有　成為　原因　成果

→ 眾人 → 人才 → 才能 → 能耐 → 耐心

shōu
收—
liù huà
（六畫）

měi bú shèng shōu　shōu cáng　shōu jí　shōu huò　shōu gōng　shōu shi
美不勝收、收藏、收集、收穫、收工、收拾、

shōu gòu　shōu fèi　shōu xiào
收購、收費、收效

6358_010

hú dié hé mì fēng
蝴蝶和蜜蜂

chūn nuǎn huā kāi　　bǎi huā qí fàng　　měi bú shèng shōu　　lè huài le hú dié
春暖花開，百花齊放，美不勝收①，樂壞了蝴蝶

hé mì fēng
和蜜蜂。

měi lì de hú dié zhěng tiān zài huā cóng zhōng fēi wǔ xī shǔn huā mì　　mì
美麗的蝴蝶整天在花叢中飛舞吸吮花蜜。蜜

fēng yòng cháng cháng de chù jiǎo jiē shōu zī xùn　　nǎr yǒu huā cóng　　tā jiù fēi dào
蜂用長長的觸角接收資訊，哪兒有花叢，牠就飛到

nǎr gōng zuò　　hú dié hé mì fēng cháng zài huā jiān jiàn miàn
哪兒工作。蝴蝶和蜜蜂常在花間見面。

yǒu yì tiān　　mì fēng rěn bu zhù wèn hú dié　　nǐ měi tiān chī nà me duō huā
有一天，蜜蜂忍不住問蝴蝶：「你每天吃那麼多花

mì　　zěn me bù bǎ huā mì shōu cáng qǐ lai　　děng dài bǎi huā diāo líng de dōng tiān yòng
蜜，怎麼不把花蜜收藏起來，等待百花凋零的冬天用

ne
呢？」

hú dié hā hā dà xiào　　dào le dōng tiān wǒ men jiù bú zài zhè ge shì jiè
蝴蝶哈哈大笑：「到了冬天我們就不在這個世界

shang le　　chǎn xià de bǎo bao bù chī bù hē　　yào dào chūn tiān lái dào cái chū xiàn
上了，產下的寶寶不吃不喝，要到春天來到才出現

ne
呢。」

我會接龍

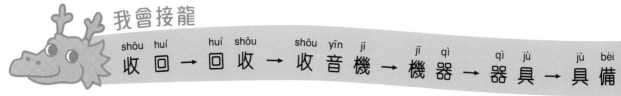

shōu huí　　　huí shōu　　　shōu yīn jī　　　jī qì　　　qì jù　　　jù bèi
收回 → 回收 → 收音機 → 機器 → 器具 → 具備

mì fēng shuō：「wǒ men kě bù tóng，wǒ men chéng qún gōng fēng chū wài shōu
蜜蜂説：「我們可不同，我們成羣工蜂出外收

jí huā fěn huā mì，měi tiān de shōu huò bù xiǎo，shōu gōng hòu yào huí qu niàng mì
集花粉花蜜，每天的收穫不小，收工後要回去釀蜜

gōng yìng quán jiā zú，hái yào shōu shi fēng fáng。rén men yě cháng lái shōu gòu
供應全家族，還要收拾②蜂房。人們也常來收購③

wǒ men de fēng mì，shì chǎng shang fēng mì de shōu fèi bù dī，rén men chī le
我們的蜂蜜，市場上蜂蜜的收費不低，人們吃了

néng qiáng shēn，shōu xiào hěn dà ne
能強身，收效很大呢。」

hú dié jiě jie hěn cán kuì：「nǐ men de qín fèn zhēn lìng rén qīn pèi a
蝴蝶姐姐很慚愧：「你們的勤奮真令人欽佩啊！」

注：
① **美不勝收**：美好的東西太多，一時
　　　　　　　接受不完或看不過來。
② **收拾**：整頓、整理。
③ **收購**：從各處買進。

語文遊戲

成語填空

a. 美不（　　）（　　）　　b. 收（　　）自（　　）

c. 收（　　）人才　　　　　d. 收（　　）人心

e. 收支平（　　）　　　　　f. 名利雙（　　）

bèi yòng → yòng chu → chù zhǎng → zhǎng bèi
→ 備用 → 用處 → 處長 → 長輩

yǒu yòng　yǒu qiú bì yìng　yǒu qù　yǒu xiàn　yǒu yì si
有用、有求必應、有趣、有限、有意思、

yǒu bǎn yǒu yǎn　yǒu qì wú lì　yǒu zhù　yǒu tóu wú wěi
有板有眼、有氣無力、有助、有頭無尾、

yǒu shǐ wú zhōng　yǒu zhì zhě shì jìng chéng　yǒu zhāo yí rì
有始無終 、有志者事竟成 、有朝一日

6358_011
zhì qiáng xué yì
志強學藝

kàn jiàn tóng líng xiǎo péng you dōu zài xué qín qí shū huà　zhì qiáng yě dòng le
看見同齡小朋友都在學琴棋書畫，志強也動了

xīn　duì mā ma shuō　wǒ yě yào xué diǎn yǒu yòng de běn lǐng
心，對媽媽説：「我也要學點有用的本領。」

mā ma duì tā shì yǒu qiú bì yìng　biàn dài tā qù jiàn yí wèi yǒu míng de
媽媽對他是有求必應①，便帶他去見一位有名的

gāng qín jiā　kāi shǐ xué qín　zhì qiáng dīng dīng dōng dōng tán le yí ge yuè　shuō
鋼琴家，開始學琴。志強叮叮咚咚彈了一個月，説

tán qín suī rán yǒu qù　dàn shì wǒ měi tiān néng liàn qín de shí jiān yǒu xiàn　bù
「彈琴雖然有趣，但是我每天能練琴的時間有限，不

xué le
學了。」

yǒu ge tóng xué zài xué wéi qí　zhì qiáng yě gēn zhe tā qù xué le liǎng táng
有個同學在學圍棋，志強也跟着他去學了兩堂

kè　shuō　xià wéi qí suī rán yǒu yì si　dàn shì tài shāng nǎo jīn　shòu bu
課，説「下圍棋雖然有意思，但是太傷腦筋，受不

liǎo
了。」

kàn jiàn tóng xué de máo bǐ zì xiě de yǒu bǎn yǒu yǎn　zhì qiáng yě qù xué
看見同學的毛筆字寫得有板有眼②，志強也去學

shū fǎ　xiě le liǎng tiān　lǎo shī shuō tā tí bǐ yǒu qì wú lì　yào duō liàn
書法。寫了兩天，老師説他提筆有氣無力③，要多練

我會接龍

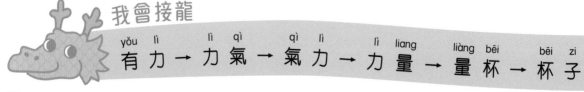

yǒu lì → lì qì → qì lì → lì liang → liàng bēi → bēi zi
有力 → 力氣 → 氣力 → 力量 → 量杯 → 杯子

shǒu jìn duì wò bǐ yǒu zhù zhì qiáng yì tīng jiù fàng qì le
手勁對握筆有助，志強一聽就放棄了。

mā ma shuō nǐ zuò shì zǒng shì zhè yàng yǒu tóu wú wěi yǒu shǐ wú
媽媽說：「你做事總是這樣有頭無尾、有始無

zhōng wǒ zài yǒu qián yě bù néng ràng nǐ zhè me làng fèi le
終，我再有錢，也不能讓你這麼浪費了。」

zhì qiáng shuō yǒu zhì zhě shì jìng chéng yǒu zhāo yí rì wǒ yí dìng
志強說：「有志者事竟成④，有朝一日我一定

huì bǎ shì hé zì jǐ de běn lǐng xué dào shǒu
會把適合自己的本領學到手！」

注：
① 有求必應：只要有人請求就一定答應。
② 有板有眼：比喻言語行動有條不紊，
　　　　　　富有節奏或章法。
③ 有氣無力：形容無精打采的樣子。
④ 有志者事竟成：只要有決心有毅力，
　　　　　　　　事情終究會成功。

語文遊戲

為成語配對並連線。

有求	無力
有板	無終
有氣	有眼
有始	共睹
有朝	必應
有目	一日

zǐ nǚ nǚ zǐ zǐ sūn sūn zi
→ 子女 → 女子 → 子孫 → 孫子

zì yóu　zì zài　zì rú　yáng yáng zì dé　zì cǐ
自由、自在、自如、洋洋自得、自此、

zì gāo zì dà　zì yǐ wéi shì　zì jǐ　zì míng dé yì　zì dà
自高自大、自以為是、自己、自鳴得意、自大

6358_012

qiǎo yuán sòng mìng
巧猿送命

yì qún yuán hóu shēng huó zài shān lín li　　tā men zhěng tiān zì yóu de zài shù
一羣猿猴生活在山林裏，他們整天自由地在樹

cóng zhōng tiào lái tiào qù　　cǎi zhāi guǒ shí tián bǎo dǔ zi　　xiāo yáo zì zài　　hǎo
叢中跳來跳去，採摘果實填飽肚子，逍遙自在①，好

bù kāi xīn
不開心。

qí zhōng yǒu yì zhī hóu zi tè bié huó po líng lì　　tán tiào lì yě qiáng
其中有一隻猴子特別活潑伶俐，彈跳力也強，

cháng cháng néng pān zhù yì gēn zhī téng cóng gāo gāo de shù shang dàng dào lìng yì kē dà
常常能攀住一根枝藤從高高的樹上盪到另一棵大

shù shang　　qí tā yuán hóu pá bu dào de gāo chù　　tā néng xíng zǒu zì rú　　suǒ yǐ
樹上，其他猿猴爬不到的高處，他能行走自如②，所以

dà jiā chēng tā shì qiǎo yuán　　tā wèi cǐ yáng yáng zì dé　　zì cǐ biàn de zì gāo
大家稱他是巧猿。他為此洋洋自得③，自此變得自高

zì dà　　zì yǐ wéi shì lín zhōng běn lǐng zuì qiáng de hóu zi
自大，自以為是林中本領最強的猴子。

yǒu yì tiān　　guó wáng dài zhe suí cóng lái dǎ liè　　yuán hóu men fēn fēn duǒ jìn
有一天，國王帶着隨從來打獵，猿猴們紛紛躲進

shēn shān lǎo lín　　bù gǎn lòu miàn　　zhǐ yǒu zhè zhī qiǎo yuán bú dàn bù duǒ bì　　fǎn
深山老林，不敢露面。只有這隻巧猿不但不躲避，反

ér zài liè rén miàn qián huó bèng luàn tiào zuò guǐ liǎn　　wèi zì jǐ de líng huó zì míng dé
而在獵人面前活蹦亂跳做鬼臉，為自己的靈活自鳴得

我會接龍

zì fā　　fā dá　　dá dào　　dào dá　　dá chéng　　chéng gōng
自發 → 發達 → 達到 → 到達 → 達成 → 成功

^{yì}
意④，想在獵人面前顯顯本領。

guó wáng dà nù　　xià lìng yí dìng yào bǎ zhè zhī hóu zi shè xià lai　shǒu xià
國王大怒，下令一定要把這隻猴子射下來。手下

wàn jiàn qí fā　qiǎo yuán yīn zì dà ér sòng le mìng
萬箭齊發，巧猿因自大而送了命。

注：

① 自在：安閒舒適，不受拘束。
② 自如：活動或操作不受阻礙。
③ 洋洋自得：很得意的樣子。
④ 自鳴得意：自己表示很得意。

語文遊戲

1. 選詞填空

自愛　自立　自尊心　自重　自卑

　　一個人要有（　　　　），別人才會尊重他；一個人要先（　　　　），別人才會看重他；一個人要能（　　　），才會有成就；一個人要先（　　　　），才能愛別人；一個人要有自信心，才不會（　　　　）。

2. 成語填空

a.（　）言（　）語　　b.（　）力（　）生
c. 不（　）（　）力　　d.（　）（　）奮勇
e.（　）強（　）息　　f.（　）（　）自在人心

gōng dé wú liàng　　liàng lì ér xíng　　xíng zhī yǒu xiào
→ 功德無量 → 量力而行 → 行之有效

bù xíng　lǚ xíng　tuī xíng　xíng rén　jìn xíng　xíng dòng
步行、旅行、推行、行人、進行、行動、

rén xíng dào　xíng rén tiān qiáo　xíng rén suì dào
人行道、行人天橋、行人隧道

6358_013

yé　ye　chuǎng hóng　dēng
爺爺闖紅燈

yé ye chén yùn huí jiā chuí tóu sàng qì　　xiǎo fāng wèn　　　yé ye　nín zěn
爺爺晨運回家垂頭喪氣，小芳問：「爺爺，您怎

me la
麼啦？」

yé ye shuō　　wǒ bù xíng huí jiā　zài shí zì lù kǒu kàn jiàn méi yǒu chē
爺爺説：「我步行回家，在十字路口看見沒有車

lái　biàn xí guàn de guò le mǎ lù　shéi zhī hòu mian yí ge jǐng chá mǎ shàng bǎ wǒ
來，便習慣地過了馬路，誰知後面一個警察馬上把我

jiào zhù
叫住……」

ā hā　yé ye chuǎng hóng dēng le　nín gāng lǚ xíng huí lai　bù zhī
「啊哈，爺爺闖紅燈了！您剛旅行回來，不知

dào zhè yí ge xīng qī zài tuī xíng　quán gǎng xíng rén dào lù ān quán yùn dòng
道這一個星期在推行①『全港行人道路安全運動』！」

bà ba shuō　　yé ye bèi fá qián le ba　xiǎo fāng wèn
爸爸説。「爺爺被罰錢了吧？」小芳問。

hái hǎo　tā shuō zhè cì zhǐ shì kǒu tóu jǐng gào　xià cì jiù yào kāi piào
「還好，他説這次只是口頭警告，下次就要開票

kòng gào le
控告了。」

bà ba shuō　　zhè cì jǐng fāng shì yào jìn xíng yán lì de zhí fǎ xíng dòng
爸爸説：「這次警方是要進行嚴厲的執法行動，

我會接龍

xíng xīng　　xīng qiú　　qiú duì　　duì liè　　liè duì　　duì qí
行星 → 星球 → 球隊 → 隊列 → 列隊 → 隊旗

<ruby>減<rt>jiǎn</rt></ruby><ruby>少<rt>shǎo</rt></ruby><ruby>市<rt>shì</rt></ruby><ruby>民<rt>mín</rt></ruby><ruby>的<rt>de</rt></ruby><ruby>交<rt>jiāo</rt></ruby><ruby>通<rt>tōng</rt></ruby><ruby>意<rt>yì</rt></ruby><ruby>外<rt>wài</rt></ruby>。<ruby>昨<rt>zuó</rt></ruby><ruby>天<rt>tiān</rt></ruby><ruby>有<rt>yǒu</rt></ruby><ruby>人<rt>rén</rt></ruby><ruby>在<rt>zài</rt></ruby><ruby>人<rt>rén</rt></ruby><ruby>行<rt>xíng</rt></ruby><ruby>道<rt>dào</rt></ruby><ruby>上<rt>shang</rt></ruby><ruby>派<rt>pài</rt></ruby><ruby>發<rt>fā</rt></ruby><ruby>宣<rt>xuān</rt></ruby>

<ruby>傳<rt>chuán</rt></ruby><ruby>單<rt>dān</rt></ruby><ruby>張<rt>zhāng</rt></ruby>，<ruby>我<rt>wǒ</rt></ruby><ruby>拿<rt>ná</rt></ruby><ruby>了<rt>le</rt></ruby><ruby>一<rt>yí</rt></ruby><ruby>份<rt>fèn</rt></ruby>，<ruby>忘<rt>wàng</rt></ruby><ruby>了<rt>le</rt></ruby><ruby>給<rt>gěi</rt></ruby><ruby>您<rt>nín</rt></ruby><ruby>看<rt>kàn</rt></ruby><ruby>了<rt>le</rt></ruby>。」<ruby>爸<rt>bà</rt></ruby><ruby>爸<rt>ba</rt></ruby><ruby>拿<rt>ná</rt></ruby><ruby>起<rt>qǐ</rt></ruby><ruby>單<rt>dān</rt></ruby>

<ruby>張<rt>zhāng</rt></ruby><ruby>讀<rt>dú</rt></ruby><ruby>道<rt>dào</rt></ruby>：「<ruby>行<rt>xíng</rt></ruby><ruby>人<rt>rén</rt></ruby><ruby>通<rt>tōng</rt></ruby><ruby>常<rt>cháng</rt></ruby><ruby>違<rt>wéi</rt></ruby><ruby>反<rt>fǎn</rt></ruby><ruby>的<rt>de</rt></ruby><ruby>規<rt>guī</rt></ruby><ruby>則<rt>zé</rt></ruby><ruby>包<rt>bāo</rt></ruby><ruby>括<rt>kuò</rt></ruby><ruby>不<rt>bù</rt></ruby><ruby>遵<rt>zūn</rt></ruby><ruby>守<rt>shǒu</rt></ruby><ruby>交<rt>jiāo</rt></ruby><ruby>通<rt>tōng</rt></ruby><ruby>燈<rt>dēng</rt></ruby>

<ruby>號<rt>hào</rt></ruby>、<ruby>在<rt>zài</rt></ruby><ruby>距<rt>jù</rt></ruby><ruby>離<rt>lí</rt></ruby><ruby>行<rt>xíng</rt></ruby><ruby>人<rt>rén</rt></ruby><ruby>天<rt>tiān</rt></ruby><ruby>橋<rt>qiáo</rt></ruby>②、<ruby>行<rt>xíng</rt></ruby><ruby>人<rt>rén</rt></ruby><ruby>隧<rt>suì</rt></ruby><ruby>道<rt>dào</rt></ruby>③<ruby>或<rt>huò</rt></ruby><ruby>行<rt>xíng</rt></ruby><ruby>人<rt>rén</rt></ruby><ruby>過<rt>guò</rt></ruby><ruby>路<rt>lù</rt></ruby><ruby>設<rt>shè</rt></ruby><ruby>施<rt>shī</rt></ruby>

<ruby>十<rt>shí</rt></ruby><ruby>五<rt>wǔ</rt></ruby><ruby>米<rt>mǐ</rt></ruby><ruby>範<rt>fàn</rt></ruby><ruby>圍<rt>wéi</rt></ruby><ruby>內<rt>nèi</rt></ruby><ruby>而<rt>ér</rt></ruby><ruby>不<rt>bù</rt></ruby><ruby>使<rt>shǐ</rt></ruby><ruby>用<rt>yòng</rt></ruby><ruby>這<rt>zhè</rt></ruby><ruby>些<rt>xiē</rt></ruby><ruby>設<rt>shè</rt></ruby><ruby>施<rt>shī</rt></ruby><ruby>橫<rt>héng</rt></ruby><ruby>過<rt>guò</rt></ruby><ruby>馬<rt>mǎ</rt></ruby><ruby>路<rt>lù</rt></ruby>……<ruby>您<rt>nín</rt></ruby><ruby>以<rt>yǐ</rt></ruby><ruby>後<rt>hòu</rt></ruby>

<ruby>要<rt>yào</rt></ruby><ruby>注<rt>zhù</rt></ruby><ruby>意<rt>yì</rt></ruby><ruby>呀<rt>ya</rt></ruby>！」

注：

① 推行：普遍實行。

② 行人天橋：城市中為了行人橫穿馬路而
在馬路上空架設的橋。

③ 行人隧道：為了行人橫穿馬路而在地下
開鑿的通道。

語文遊戲 ✏

1. 你會讀嗎？試着讀一讀吧。

爸爸從行人天橋下來，沿着人行道直行，到了那家銀
行，和他的同行一起研究合作的計劃，他們都是金融界的
行家。

<ruby>旗<rt>qí</rt></ruby><ruby>開<rt>kāi</rt></ruby><ruby>得<rt>dé</rt></ruby><ruby>勝<rt>shèng</rt></ruby> → <ruby>勝<rt>shèng</rt></ruby><ruby>利<rt>lì</rt></ruby> → <ruby>利<rt>lì</rt></ruby><ruby>益<rt>yì</rt></ruby> → <ruby>益<rt>yì</rt></ruby><ruby>處<rt>chu</rt></ruby>

xiě zuò　zuò pǐn　jié zuò　zuò wén　dàng zuò　zhù zuò
寫作、作品、傑作、作文、當作、著作、

nòng xū zuò jiǎ　zuò fēng　zuò zhě　zuò bì　zì zuò zì shòu
弄虛作假、作風、作者、作弊、自作自受、

zuò wéi　zuò jiā
作為、作家

6358_014

chāo xí de è xíng
抄襲的惡行

bà ba dān rèn yí xiàng xiě zuò bǐ sài de píng shěn　tā zài wài mian kāi huì yì
爸爸擔任一項寫作比賽的評審，他在外面開會一

zhěng tiān　wǎn shang huí jiā chī fàn shí tàn xī dào　　ài　　zhè cì de cān sài zuò
整天，晚上回家吃飯時歎息道：「唉，這次的參賽作

pǐn zhōng yòu fā xiàn le yǒu chāo xí de　zhēn bú xiàng huà
品中又發現了有抄襲的，真不像話！」

zhì míng bú tài míng bai　　chāo xí　tā zěn me chāo de ya
志明不太明白：「抄襲？他怎麼抄的呀？」

bà ba shuō　　qí shí　kàn dào le yì xiē jīng diǎn jié zuò　mó fǎng zhe xiě yì
爸爸說：「其實，看到了一些經典傑作①模仿着寫一

piān　yě shì liàn xí zuò wén de yì zhǒng fāng fǎ　kě shì　yǒu xiē rén què dà duàn
篇，也是練習作文的一種方法。可是，有些人卻大段

dà duàn de chāo zài zì jǐ de zuò pǐn zhōng shèn zhì yuán fēng bú dòng de bān guò lai dàng
大段地抄在自己的作品中，甚至原封不動地搬過來當

zuò zì jǐ de zhù zuò　zhè zhǒng nòng xū zuò jiǎ de zuò fēng qiān wàn yào shā zhù
作自己的著作，這種弄虛作假②的作風千萬要剎住！」

shì ya　zhè zhǒng zì qī qī rén de xíng wéi tài kě wù le　mā ma yě
「是呀，這種自欺欺人的行為太可惡了！」媽媽也

shuō
說。

yǒu yí cì yǒu piān zuò pǐn dé le jiǎng　hòu lái chá chū lai shì chāo xí
「有一次有篇作品得了獎，後來查出來是抄襲

我會接龍

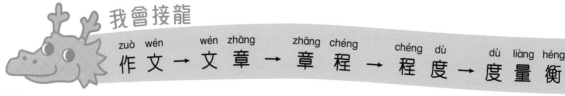

zuò wén　wén zhāng　zhāng chéng　chéng dù　dù liàng héng
作文 → 文章 → 章程 → 程度 → 度量衡

de jiù qǔ xiāo le zuò zhě de dé jiǎng zī gé hái xiě xìn pī píng le tā zhēn
的，就取消了作者的得獎資格，還寫信批評了他，真

diū liǎn
丟臉。」

zhè shì yì zhǒng zuò bì de xíng wéi tā zì zuò zì shòu zhì
「這是一種作弊③的行為，他自作自受④！」志

míng shuō
明說。

zuò wéi yí ge zuò jiā shǒu xiān yào xué huì zěn yàng zuò rén bà ba
「作為一個作家，首先要學會怎樣做人！」爸爸

tàn dào
歎道。

注：

① **傑作**：超過一般水準的好作品。

② **弄虛作假**：耍花招，欺騙人。

③ **自作自受**：自己做錯了事，自己承
　　　　　　　受不好的後果。

④ **作弊**：用欺騙的方式做違法亂紀或
　　　　　不合規定的事情。

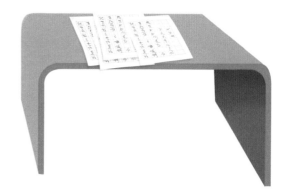

語文遊戲

成語配對並連線。

弄虛	作氣
自作	作樣
一鼓	作假
裝模	作福
作威	自受

héng liáng　liàng biàn　biàn gēng　gēng gǎi　gǎi zhèng
→ 衡 量 → 量 變 → 變 更 → 更 改 → 改 正

chén
沉 —
qī huà
(七畫)

chén shuì　chén mò　chén jìng　chén sī　chén diān diān　chén mèn
沉睡、沉默、沉靜、沉思、沉甸甸、沉悶、

chén jìn　shí chén dà hǎi　chén mò　chén tòng　chén zhòng
沉浸、石沉大海、沉沒、沉痛、沉重

6358_015

dēng tǎ de gù shi
燈塔的故事

yè wǎn lái lín　　huí háng de yú chuán dōu tíng bó zài gǎng kǒu　　yǐn mò zài hēi
夜晚來臨，回航的漁船都停泊在港口，隱沒在黑

àn zhōng chén shuì　bái tiān xuān huá de dà hǎi chén mò le xià lai　sì zhōu yí piàn
暗中沉睡。白天喧嘩的大海沉默了下來，四周一片

chén jì
沉寂。

yí zuò dēng tǎ chén jìng de zhù lì zài hǎi biān　hǎo sì yí wèi xiàn rù chén sī
一座燈塔沉靜地佇立在海邊，好似一位陷入沉思

zhòng de jù rén　tǎ dǐng de huáng sè dēng guāng huà pò hēi de chén diān diān　de hǎi
中的巨人。塔頂的黃色燈光劃破黑得沉甸甸①的海

miàn　zhào chū yì tiáo guāng lù
面，照出一條光路。

yì zhī hǎi ōu fēi luò zài dēng tǎ dǐng　wèn dēng tǎ dào　　nǐ rì yè shǒu
一隻海鷗飛落在燈塔頂，問燈塔道：「你日夜守

zhe zhè hǎi gǎng　bù jué de chén mèn ma
着這海港，不覺得沉悶嗎？」

dēng tǎ chén jìn zài huí yì zhī zhōng　huǎn shēng shuō dào　　nǐ zhī
燈塔沉浸②在回憶之中，緩聲說道：「你知

dào ma　hěn jiǔ zhī qián yì míng yú fū wèi le gěi shēn huàn zhòng bìng de fù qīn còu
道嗎，很久之前一名漁夫為了給身患重病的父親湊

qián zhì bìng　zài yí ge fēng yǔ zhī yè chū qu bǔ yú　bào zhe xīn shēng ér de qī
錢治病，在一個風雨之夜出去捕魚，抱着新生兒的妻

我會接龍

chén mò　mò xiě　xiě zuò　zuò wén　wén huà　huà xué
沉默 → 默寫 → 寫作 → 作文 → 文化 → 化學

子怎麼也攔不住他。他這一去正如石沉大海③，音訊全無。村民合力建了這燈塔，希望能為他夜晚返航指明方向。可是，那漁夫再也沒有回來，肯定是隨同漁船沉沒在海底了。」

燈塔的語調沉痛，海鷗的心情也變得非常沉重。

注：

① 沉甸甸：形容沉重。

② 沉浸：比喻處於某種境界或思想活動中。

③ 石沉大海：像石頭掉到大海裏一樣，不見蹤影。
  比喻始終沒有消息。

圈出合適的字組詞成句。

　　他的性格很沉（安／靜），總是坐在一旁沉（思／想），在別人看來他很（沉／沈）悶，整日沉（浸／沒）在自己的回憶之中。

shēn
身—
qī huà
（七畫）

shēn cái　shēn xíng　shēn hòu　zhuǎn shēn　shēn qū　shēn biān　zì shēn
身材、身形、身後、轉身、身軀、身邊、自身、

fèn bú gù shēn　shēn gāo　shēn tǐ　xià shēn　fān shēn　shēn shǒu
奮不顧身、身高、身體、下身、翻身、身手

6358_016

hǔ kǒu jiù zǐ
虎口救子

qiū gāo qì shuǎng de yì tiān　　lù mā ma dài zhe xiǎo lù chū wài sàn bù　xiǎo
秋高氣爽的一天，鹿媽媽帶着小鹿出外散步。小

lù shēn cái xiū cháng　shēn xíng jiǎo jiàn
鹿身材修長，身形矯健。

mǔ zǐ liǎ zhuǎn xiàng lín jiān xiǎo dào　hū rán　lù mā ma tīng dào shēn hòu
母子倆轉向林間小道，忽然，鹿媽媽聽到身後

xī xi suǒ suǒ　de shēng yīn　tā zhuǎn shēn yí kàn　yì zhī bái é dà hǔ
「悉悉索索」的聲音，牠轉身一看，一隻白額大虎

xiàng tā men měng pū guò lai　dà hǔ miáo zhǔn le zhì nèn de xiǎo lù　yì kǒu yǎo zhù
向牠們猛撲過來。大虎瞄準了稚嫩的小鹿，一口咬住

le tā de shēn qū bú fàng　xiǎo lù diē dǎo zài mā ma shēn biān　sì zhī luàn wǔ
了牠的身軀不放，小鹿跌倒在媽媽身邊，四肢亂舞。

lù mā ma wàng le zì shēn de ān wēi　fèn bú gù shēn pū dào dà hǔ shēn
鹿媽媽忘了自身的安危，奮不顧身①撲到大虎身

shang　jǐn jǐn yǎo zhù dà hǔ de yān hóu　sì zhī tí zi měng tī dà hǔ de dǔ zi
上，緊緊咬住大虎的咽喉，四隻蹄子猛踢大虎的肚子。

àn zhào shēn gāo hé tǐ lì　tā yuǎn yuǎn bú shì dà hǔ de duì shǒu　dàn shì tā yòng
按照身高和體力，牠遠遠不是大虎的對手，但是牠用

jìn quán lì　liǎng pái yá chǐ xiàng wú shù lì rèn shēn shēn xiàn rù dà hǔ de shēn tǐ
盡全力，兩排牙齒像無數利刃深深陷入大虎的身體，

bī de dà hǔ tòu bú guò qì　tā de tí zi bù tíng de tī dǎ dà hǔ xià shēn　jìng
逼得大虎透不過氣；牠的蹄子不停地踢打大虎下身，竟

我會接龍

shēn shì　shì jiè　jiè bié　bié yǒu yòng xīn　xīn qíng
身世 → 世界 → 界別 → 別有用心 → 心情

pò shǐ dà hǔ sōng le kǒu fān shēn yǎng miàn diē zài dì shang
迫使大虎鬆了口，翻身仰面跌在地上。

lù mā ma xùn sù lā qǐ xiǎo lù yì liū yān zuān jìn mì lín táo zhī yāo yāo
鹿媽媽迅速拉起小鹿，一溜煙鑽進密林，逃之夭夭。

lù mā ma hǔ kǒu jiù zǐ de hǎo shēn shǒu lìng lín zhōng dòng wù men zàn tàn bù yǐ
鹿媽媽虎口救子的好身手②令林中動物們讚歎不已。

注：
① **奮不顧身**：奮勇直前，不顧自己的生命。
② **身手**：本領。

語文遊戲

1. 成語填空

a. 身（　　）力（　　）　　b.（　　）（　　）作則

c. 身臨（　　）（　　）　　d. 言（　　）身（　　）

e.（　　）同身（　　）　　f. 身（　　）（　　）物

2. 圈字成詞

身

材 / 料　　　心 / 髒　　　手 / 腳　　　軀 / 幹　　　體 / 魄

qíng gǎn　　gǎn qíng　　qíng yǒu dú zhōng　　zhōng ài　　ài xī
→ 情 感 → 感 情 → 情 有 獨 鍾 → 鍾 愛 → 愛 惜

chē shuǐ mǎ lóng　　kǎ chē　　diàn chē　　lǚ yóu chē　　gōng gòng qì chē
車水馬龍、卡車、電車、旅遊車、公共汽車、

diàn dān chē　　zì xíng chē　　jī dòng chē liàng　　chē dào　　qì chē
電單車、自行車、機動車輛、車道、汽車、

chē tāi　　chē lún　　chē liàng　　chē shǒu　　chē jì
車胎、車輪、車輛、車手、車技

6358_017

lín jiē tiào wàng 臨街眺望

yí fēn jiā zuì jìn cóng jiāo qū de cūn wū bān dào shì qū lín jiē de zhè dòng dà
怡芬家最近從郊區的村屋搬到市區臨街的這棟大

lóu li　　tā duì zhè chē shuǐ mǎ lóng　de mò shēng chéng shì hěn gǎn xìng qù
樓裏，她對這車水馬龍①的陌生 城市很感興趣。

měi tiān　　tā zhàn zài chuāng qián tiào wàng jiē jǐng　　lóu xià shì yì tiáo rè nao
每天，她站在 窗 前眺望街景。樓下是一條熱鬧

de dà mǎ lù　　kǎ chē　　diàn chē　　lǚ yóu chē　　gōng gòng qì chē　　gè zhǒng
的大馬路，卡車、電車、旅遊車、公共汽車、各 種

xiǎo qì chē　　diàn dān chē　　　　luò yì bù jué　　shèn zhì hái néng cháng cháng jiàn dào
小汽車、電單車……絡繹不絕，甚至還能 常 常見到

jǐ liàng zì xíng chē chuān chā zài zhè xiē jī dòng chē liàng zhōng　　yǒu shí hái qiǎng le chē
幾輛自行車穿插在這些機動車輛中，有時還搶了車

dào　　xiǎn xiàng héng shēng
道，險象橫生。

tā hái jiàn dào yì xiē tè bié de jǐng xiàng　　pì rú qì chē bào le chē tāi
她還見到一些特別的景象，譬如汽車爆了車胎，

tíng zài yì páng huàn chē lún　　xíng rén huò chē liàng chuǎng hóng dēng　　zào chéng le dà
停在一旁換車輪；行人或車輛 闖 紅燈，造成了大

xiǎo chē huò　　zì xíng chē shǒu　　sā kāi shuāng shǒu　　biǎo yǎn chē jì
小車禍；自行車手②撒開 雙 手，表演車技③……

我會接龍

mǎ chē　　chē fáng　　fáng wū　　wū yǔ　　yǔ háng　　háng bān
馬車→車房→房屋→屋宇→宇航→航班

tiào wàng fán máng de mǎ lù hé rè nao de jiē jǐng　shì yí fēn měi tiān bì bù
眺 望 繁 忙 的 馬 路 和 熱 鬧 的 街 景 ，是 怡 芬 每 天 必 不

kě shǎo de　zì　yú xiàng mù zhī　yī
可 少 的 自 娛 項 目 之 一 。

注：
① **車水馬龍**：車像流水，馬像遊龍。形容
　　　　　　　車馬或車輛很多，來往不絕。
② **車手**：騎車或參加賽車比賽的人。
③ **車技**：雜技的一種，演員用特製的車表
　　　　　演各種動作。

語文遊戲

填詞成句

車廂　　火車　　車站

(1) 長途旅行坐（　　　）是很有趣的，沿途可以看風
　　景，每到一個（　　　）你可以下車購買當地特
　　產。（　　　）裏的旅客來自天南地北，大家聊天
　　閒談，其樂無窮。

車胎　　車主　　開車　　車輪　　車道

(2) 近來流行自駕遊，（　　　）自己（　　　）在
　　　　　　（　　　）上行走。車上要有備用的（　　　），
　　萬一爆胎就要自己更換（　　　）。

bān jī　　jī qì　　qì jù　　jù bèi
→ 班 機 → 機 器 → 器 具 → 具 備

fáng
防—
qī huà
（七畫）

fáng bù shèng fáng　fáng zhǐ　fáng dào shù　fáng fàn　fáng bèi
防不勝防、防止、防盜術、防範、防備、

fáng zhèn　fáng yù　fáng dào　fáng xiàn
防震、防禦、防盜、防線

6358_018

fáng　bù　shèng　fáng
防不勝防①

yǒu ge shāng rén　　gòu mǎi le hěn duō zhū bǎo　　wèi le fáng zhǐ dào zéi lái tōu
有個商人，購買了很多珠寶。為了防止盜賊來偷

qiè　tā yòng le hěn duō fáng dào shù
竊，他用了很多防盜術②。

tā xiān shì bǎ zhū bǎo fàng jìn mù hé　　bǎ mù hé fàng zài zhū juàn jiǎo luò li
他先是把珠寶放進木盒，把木盒放在豬圈角落裏。

hòu lái xiǎng xiang　zhū bǎo hé kě néng huì bèi zhū zài jìn shí shí gǒng chū lai　zhè ge
後來想想，珠寶盒可能會被豬在進食時拱出來，這個

fáng fàn　bàn fǎ bù hǎo
防範③辦法不好。

tā de zhù fáng yǒu hěn duō bái yǐ　　wèi le fáng bèi　bái yǐ kěn shí tā de mù
他的住房有很多白蟻，為了防備④白蟻啃食他的木

hé　　tā jiù bǎ zhū bǎo hé fàng zài gāo gāo de wū liáng shang　xīn xiǎng méi rén huì tái
盒，他就把珠寶盒放在高高的屋樑上，心想沒人會抬

tóu liú yì dào　　kě shì　　zhè yí dài shí cháng yǒu dì zhèn　shāng rén de fáng wū méi
頭留意到。可是，這一帶時常有地震，商人的房屋沒

yǒu fáng zhèn zhuāng zhì　　tā pà dì zhèn yì lái　　zhū bǎo hé jiù huì shuāi dào dì shang
有防震裝置，他怕地震一來，珠寶盒就會摔到地上

dǎ ge fěn suì
打個粉碎。

zuì hòu tā dìng zuò le yí ge dài dà suǒ de zhū bǎo tiě xiāng lái fáng yù dào
最後他定做了一個帶大鎖的珠寶鐵箱來防禦盜

我會接龍

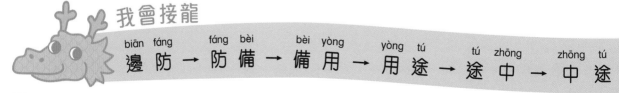

biān fáng　　fáng bèi　　bèi yòng　　yòng tú　　tú zhōng　　zhōng tú
邊防 → 防備 → 備用 → 用途 → 途中 → 中途

40

賊，他得意地想：小偷絕對開不了這個鎖，這個防盜措

施應該是萬無一失的了吧。

　　一天晚上，來了個大盜，看見鎖得嚴實的鐵箱，知

道一定是個寶箱，背起鐵箱就走，商人的最後一道防

線也被攻破。

注：
① **防不勝防**：要防備的太多，防備不過來。
② **防盜術**：防止壞人進行盜竊的辦法。
③ **防範**：防備、戒備。
④ **防備**：做好準備以應付攻擊或避免受害。

語文遊戲

請將錯誤的字圈出來並在橫線上寫上正確答案。

　　邊方戰士妨守在邊疆，仿禦敵人的侵犯，他們時時

_____

刻刻提坊着，警惕性很高。

_____

→ 途徑 → 徑直 → 直行 → 行為

shì
事一
bā huà
（八 畫）

shì bàn gōng bèi　shì bèi gōng bàn　bàn shì　shì qíng　shì xiān
事半功倍、事倍功半、辦事、事情、事先、

shì jiàn　shì xiàng　shì wù　shì chū yǒu yīn　shì hòu
事件、事項、事務、事出有因、事後

6358_019

liǎng ge xiāng fǎn cí
兩個相反詞

zhuó yīng dú dào　　shì bàn gōng bèi　yì cí　wèn bà ba shì shén me yì si
卓英讀到「事半功倍」一詞，問爸爸是什麼意思。

bà ba xiào dào　　　hái yǒu yí ge fǎn yì cí kě yǐ yì qǐ xué　nǐ tīng guò
爸爸笑道：「還有一個反義詞可以一起學，你聽過

shì bèi gōng bàn　ma
『事倍功半』嗎？」

zhuó yīng dà xiào　　hǎo xiàng zài shuō rào kǒu lìng
卓英大笑：「好像在說繞口令！」

bà ba jiě shì shuō　　shì bàn gōng bèi　shì xíng róng bàn shì de shí hou
爸爸解釋說：「『事半功倍』是形容辦事的時候

huā fèi de láo lì xiǎo　shōu dào de chéng xiào dà　nà me　shì bèi gōng bàn
花費的勞力小，收到的成效大；那麼，『事倍功半』

de yì si nǐ néng cāi dào le ba
的意思你能猜到了吧？」

yí dìng shì　zuò yí jiàn shì qíng de shí hou　huā fèi de láo lì dà
「一定是：做一件事情的時候，花費的勞力大，

ér shōu dào de xiào guǒ xiǎo　　zhuó yīng shuō de tóu tóu shì dào
而收到的效果小。」卓英說得頭頭是道。

duì　suǒ yǐ wǒ men dōu yào zuò dào shì bàn gōng bèi　yào zài shì xiān zuò
「對，所以我們都要做到事半功倍。要在事先做

hǎo chōng fèn zhǔn bèi　duì shì jiàn bēi jǐng liǎo ruò zhǐ zhǎng　duì rú hé jìn xíng zhè
好充分準備，對事件背景瞭若指掌，對如何進行這

我會接龍

shì wù　　wù bì　　bì yào　　yào wén　　wén fēng ér dòng
事務 → 務必 → 必要 → 要聞 → 聞風而動

^{yí}一 ^{shì}事 ^{xiàng}項 ^{xiōng}胸 ^{yǒu}有 ^{chéng}成 ^{zhú}竹，^{zhè}這 ^{yàng}樣 ^{bì}必 ^{dìng}定 ^{yǒu}有 ^{hǎo}好 ^{xiào}效 ^{guǒ}果，^{shì}事 ^{zài}在 ^{rén}人 ^{wéi}為①
^{ma}嘛。」

^{zhuó}卓 ^{yīng}英 ^{shuō}說：「^{xiāng}相 ^{fǎn}反，^{jiǎ}假 ^{rú}如 ^{wǒ}我 ^{men}們 ^{bú}不 ^{zuò}做 ^{hǎo}好 ^{zhǔn}準 ^{bèi}備 ^{huò}或 ^{shì}是 ^{yòng}用

^{cuò}錯 ^{fāng}方 ^{fǎ}法 ^{chǔ}處 ^{lǐ}理 ^{shì}事 ^{wù}務，^{jiù}就 ^{huì}會 ^{shì}事 ^{bèi}倍 ^{gōng}功

^{bàn}半，^{shī}失 ^{bài}敗 ^{shì}是 ^{shì}事 ^{chū}出 ^{yǒu}有 ^{yīn}因②^{de}的，^{shì}事 ^{hòu}後

^{yào}要 ^{zǒng}總 ^{jié}結 ^{jiào}教 ^{xùn}訓。」

^{bà}爸 ^{ba}爸 ^{xiào}笑 ^{zhe}着 ^{shuō}說：「^{nǐ}你 ^{lǐ}理 ^{jiě}解 ^{de}得 ^{hěn}很

^{duì}對 ^{yā}呀。」

注：

① 事在人為：事情能否成功，取決於人
　　　　　　　是否努力去做。

② 事出有因：事情的發生有它的原因。

 語文遊戲 ✎

試用「事半功倍」和「事倍功半」造句。

_____

_____

^{dòng}→ 動 ^{mài}脈 ^{mài}→ 脈 ^{bó}搏 ^{bó}→ 搏 ^{mìng}命 ^{mìng}→ 命 ^{yùn}運 ^{yùn}→ 運 ^{qì}氣

lái
來一
bā huà
（八畫）

yuán lái　　dào lái　　lái dào　　dài lái　　xiàng lái　　lái bīn
原來、到來、來到、帶來、向來、來賓、

lái lín　　lái nián　　lái zì　　lái xìn
來臨、來年、來自、來信

6358_020

bái　tù　qǐng　kè
白兔請客

bái tù yì jiā yuán lái jū zhù de sēn lín li fā shēng le yí cì shān huǒ　jiā
白兔一家原來居住的森林裏發生了一次山火，家

bèi shāo huǐ le　　bù dé bù bān qiān dào hǎi biān de cóng lín li
被燒毀了，不得不搬遷到海邊的叢林裏。

cóng lín li de xiǎo dòng wù men dōu huān yíng bái tù yì jiā de dào lái　ān
叢林裏的小動物們都歡迎白兔一家的到來。安

dìng xià lai zhī hòu　xīn nián qián xī bái tù fū fù jǔ bàn le yí cì jiā yàn　rè
定下來之後，新年前夕白兔夫婦舉辦了一次家宴，熱

qíng zhāo dài gè wèi lín jū
情招待各位鄰居。

bīn kè men fēn fēn lái dào　dài lái le gè zhǒng shí yòng de lǐ wù　cóng
賓客們紛紛來到，帶來了各種實用的禮物。叢

lín li xiàng lái yǒu zhè ge chuán tǒng　yào wèi xīn luò hù de jiā tíng sòng shàng gè
林裏向來有這個傳統——要為新落戶的家庭送上各

jiā de xīn yì
家的心意。

bái tù mā ma wèi lái bīn zhǔn bèi le gè sè gè yàng de měi shí　shān yáng
白兔媽媽為來賓①準備了各色各樣的美食：山羊

de nèn cǎo　xiǎo lù de lù yè　hóu zi de hóng táo　sōng shǔ de sōng guǒ
的嫩草、小鹿的綠葉、猴子的紅桃、松鼠的松果……

xīn nián lái lín zhī jì　dà jiā jǔ bēi hù zhù　lái nián　yí dìng shì ge hǎo
新年來臨之際，大家舉杯互祝：來年②一定是個好

我會接龍

jìn lái　　lái huí　　huí lai　　lái fǎng　　fǎng wèn　　wèn dá
近來 → 來回 → 回來 → 來訪 → 訪問 → 問答

nián zhù gè jiā shēng huó měi mǎn xìng fú
年，祝各家生活美滿，幸福

cháng shòu
長 壽！

nà yì tiān bái tù hái shōu dào le
那一天，白兔還收到了

yí dà duī lái zì gè dì qīn yǒu de hè nián
一大堆來自各地親友的賀年

kǎ piàn huò lái xìn duō dào tā men quán jiā
卡片或來信，多到他們全家

dòng yuán dōu lái bu jí chāi yuè hé huí fù
動員都來不及拆閱和回覆。

zhēn shì yí ge kuài lè de xīn nián a
真是一個快樂的新年啊！

注：
① **來賓**：到來的客人。
② **來年**：明年。

語文遊戲 ✏

尋找近義詞並連線。

來賓　來臨　近來　來年　原來　從來

明年　來到　最近　賓客　向來　本來

dá àn àn lì lì wài wài mian
→ 答案 → 案例 → 例外 → 外面

fàng xué	fàng yáng	fàng sōng	fàng shēng	fàng huǒ	fàng sì
放學	放羊	放鬆	放聲	放火	放肆

fàng shǒu	fàng guò	fàng xīn
放手	放過	放心

6358_021

hù shān xiǎo yīng xióng
護山小英雄

wáng èr zhù zài shān qū　　měi tiān fàng xué hòu dài lǐng yì qún mián yáng shàng
王二住在山區，每天放學後帶領一羣綿羊上

shān qù fàng yáng　　yáng ér zài shān pō chī cǎo　　nà shì tā xīn qíng zuì fàng sōng de shí
山去放羊。羊兒在山坡吃草，那是他心情最放鬆的時

kè　　tā jiù fàng kāi hóu lóng dà shēng chàng shān gē
刻，他就放開喉嚨大聲唱山歌。

yì tiān xià wǔ　　dāng wáng èr zhèng zài fàng shēng　gē chàng shí　　hū jiàn fù
一天下午，當王二正在放聲①歌唱時，忽見附

jìn shān tóu mào chū nóng yān　　bù yí huìr　　jiù chū xiàn le huǒ guāng
近山頭冒出濃煙，不一會兒就出現了火光。

bù hǎo le　　yǒu shān huǒ　　wáng èr chuī qǐ　le guà zài xiōng qián de shào
「不好了，有山火！」王二吹起了掛在胸前的哨

zi　　xiàng cūn mín fā chū jǐng gào　　bìng qiě gǎn kuài bǎ yáng qún gǎn dào bèi fēng de ān
子，向村民發出警告，並且趕快把羊羣趕到背風的安

quán dì dài　　rán hòu dú zì xiàng shān huǒ dì diǎn pǎo qù
全地帶，然後獨自向山火地點跑去。

zhǐ jiàn yí ge mò shēng rén ná zhe yí ge diǎn rán le de huǒ bǎ　　zhèng wān zhe
只見一個陌生人拿着一個點燃了的火把，正彎着

yāo dào chù fàng huǒ　　wáng èr dà hè yì shēng　fàng sì　　pū guò qu qiǎng tā
腰到處放火②。王二大喝一聲「放肆③！」撲過去搶他

shǒu shang de huǒ bǎ　　liǎng rén gǔn zài dì shang niǔ dǎ qǐ lai　　huǒ yàn shāo zháo le
手上的火把，兩人滾在地上扭打起來，火燄燒着了

我會接龍

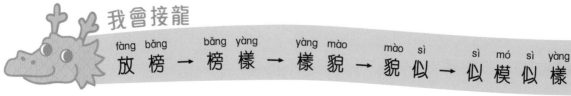

fàng bǎng → bǎng yàng → yàng mào → mào sì → sì mó sì yàng
放榜 → 榜樣 → 樣貌 → 貌似 → 似模似樣

wáng èr de yī fu　　dàn tā jǐn zhuā zhe duì fāng de huǒ bǎ bú fàng shǒu　　xīn xiǎng yí

王 二 的 衣 服 ，但 他 緊 抓 着 對 方 的 火 把 不 放 手 ，心 想 一

dìng bù néng fàng guò zhè ge huài rén

定 不 能 放 過 這 個 壞 人 。

　　cūn mín men jí shí gǎn dào　　bāng zhe zhuō zhù le zòng huǒ fàn　　yě pū miè le

　　村 民 們 及 時 趕 到 ，幫 着 捉 住 了 縱 火 犯 ，也 撲 滅 了

shān huǒ　　wáng èr bèi sòng jìn yī yuàn　　tā hěn bú fàng xīn zì jǐ nà qún kě ài de

山 火 。王 二 被 送 進 醫 院 ，他 很 不 放 心 自 己 那 羣 可 愛 的

yáng ér

羊 兒 。

注：

① 放聲：放開喉嚨出聲。

② 放火：有意破壞，引火燒毀房屋、

　　　　森林、糧草等。

③ 放肆：言行輕率任意，毫無顧忌。

語文遊戲

1. 尋找反義詞並連線。

　　放工　放鬆　放心　放棄　釋放　放手　放生

　　擔心　抓緊　緊張　屠殺　堅持　上工　抓捕

2. 尋找近義詞並連線。

　　放膽　放縱　放鬆　放羊　放火　放任　放置

　　縱容　牧羊　大膽　聽任　擺放　鬆懈　縱火

　　　　　yàng shì　　　　 shì yàng　　　　yàng zi　　　　　zǐ sūn　　　sūn nǚ

→ 樣 式 → 式 樣 → 樣 子 → 子 孫 → 孫 女

míng
明—
bā huà
（八畫）

hēi bái fēn míng　míng chè rú jìng　míng xiǎn　míng bai　míng liàng
黑白分明、明澈如鏡、明顯、明白、明亮、

shī míng　cōng míng　guāng míng　míng mèi　míng huǎng huǎng　míng tiān
失明、聰明、光明、明媚、明晃晃、明天

6358_022

chóng　jiàn　guāng　míng
重見光明

yáng jiā dà xǐ lín mén　　ér zi yáng jiān chū shēng　bái bai pàng pàng de
楊家大喜臨門——兒子楊堅出生，白白胖胖的，

yì shuāng dà yǎn jing hēi bái fēn míng　míng chè rú jìng
一雙大眼睛黑白分明、明澈如鏡①。

kě shì　liǎng ge duō yuè zhī hòu　yáng jiān de shuāng yǎn chū xiàn le míng xiǎn de
可是，兩個多月之後，楊堅的雙眼出現了明顯的

bái diǎn　jīng yī shēng jiǎn chá　shuō zhè shì xiān tiān xìng de bái nèi zhàng　hái zi hái
白點，經醫生檢查，說這是先天性的白內障！孩子還

xiǎo　bù néng dòng shǒu shù
小，不能動手術。

fù mǔ míng bai　yáng jiān jiāng shī qù míng liàng de shuāng yǎn　gèng yǒu wán quán
父母明白，楊堅將失去明亮的雙眼，更有完全

shī míng　de wēi xiǎn　fù mǔ xīn rú dāo gē
失明②的危險。父母心如刀割。

yáng jiān zài měng meng lǒng lǒng de shì jiè li dù guò le shí nián　dàn tā tiān
楊堅在矇矇矓矓的世界裏度過了十年，但他天

zī cōng míng　rén yòu qín fèn　xīn xin kǔ kǔ dú dào le xiǎo xué wǔ nián jí
資聰明，人又勤奮，辛辛苦苦讀到了小學五年級。

ào bǐ sī yǎn kē fēi jī yī yuàn lái dào cūn li　miǎn fèi wèi yáng jiān dòng
奧比斯眼科飛機醫院來到村裏，免費為楊堅動

shǒu shù　zhāi chú le bái nèi zhàng　zhí rù rén gōng jīng tǐ　yáng jiān chóng jiàn guāng
手術，摘除了白內障，植入人工晶體，楊堅重見光

我會接龍

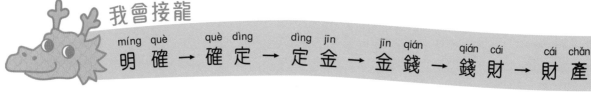

míng què　　què dìng　　dìng jīn　　jīn qián　　qián cái　　cái chǎn
明確 → 確定 → 定金 → 金錢 → 錢財 → 財產

míng
明！

zhè shì chūn guāng míng mèi de yì tiān　yáng jiān wàng zhe míng huǎng huǎng　de
這是春光明媚的一天。楊堅望着明晃晃③的

tài yáng xīng fèn de dà jiào　　wǒ jìn rù le yǒu yán sè de shì jiè　wǒ yíng lái
太陽興奮地大叫：「我進入了有顏色的世界，我迎來

le měi hǎo de míng tiān
了美好的明天！」

注：

① **明澈如鏡**：明亮而清澈，好像鏡子一樣。

② **失明**：失去視力，兩隻眼睛看不見東西。

③ **明晃晃**：光亮閃爍。

語文遊戲

1. 為成語填空。

   a. 黑白（　　）（　　）　　b. 明辨（　　）（　　）

   c. 明察（　　）（　　）　　d. 燈火（　　）（　　）

   e.（　　）（　　）強幹　　f. 耳（　　）目（　　）

   g.（　　）明（　　）快　　h. 明（　　）故（　　）

2. 尋找反義詞並連線。

   光明　　聰明　　明顯　　明白

   糊塗　　愚蠢　　黑暗　　模糊

chǎn yè　　　yè yú　　　yú shù　　　shù liàng
→ 產 業 → 業 餘 → 餘 數 → 數 量

fǎ
法—
bā huà
（八畫）

| fǎ lǜ | fǎ zhì | fǎ guī | fàn fǎ | shéng zhī yǐ fǎ | wéi fǎ |
法律、法制、法規、犯法、繩之以法、違法、

| fǎ jì | zhí fǎ | yī fǎ | fǎ zhì | mù wú fǎ jì | fǎ bàn |
法紀、執法、依法、法制、目無法紀、法辦

6358_023

jǐng chá shū shu hǎo
警察叔叔好

xuān míng de shū shu zài xué xiào li jiù shì yì míng zūn jì shǒu fǎ de hǎo xué
軒銘的叔叔在學校裏就是一名遵紀守法的好學

shēng bì yè hòu tā tōng guò le jǐng wù chù de zhāo pìn kǎo shì dāng shàng le yì míng
生。畢業後他通過了警務處的招聘考試，當上了一名

jǐng chá
警察。

shū shu shuō   wǒ yào yòng zì jǐ de xíng dòng qù zhí xíng fǎ lǜ wéi hù
叔叔説：「我要用自己的行動去執行法律，維護

fǎ zhì hé fǎ guī   fáng zhǐ fàn fǎ xíng wéi de fā shēng bǎ fàn zuì fèn zǐ shéng
法制①和法規②，防止犯法行為的發生，把犯罪分子繩

zhī yǐ fǎ   bǎo hù shì mín de ān quán
之以法③，保護市民的安全。」

tā gào su xuān míng shuō   xún luó shí cháng cháng huì yù dào yì xiē yǒu qù
他告訴軒銘説：「巡邏時常常會遇到一些有趣

de shì   yí cì   yí ge xiǎo hái jiāo gěi wǒ yì yuán yìng bì   shuō   shí dào dōng
的事，一次，一個小孩交給我一元硬幣，説『拾到東

xi bù jiāo shì wéi fǎ de   hái yǒu hái zi zhǔ dòng zhāo hu wǒ shuō   jǐng chá shū
西不交是違法的』。還有孩子主動招呼我説『警察叔

shu hǎo
叔好』。」

xuān míng shuō   zhēn yǒu yì si   nǐ tīng le hěn kāi xīn ba
軒銘説：「真有意思，你聽了很開心吧？」

我會接龍

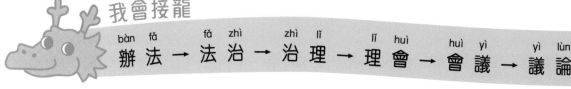

bàn fǎ   fǎ zhì   zhì lǐ   lǐ huì   huì yì   yì lùn
辦法 → 法治 → 治理 → 理會 → 會議 → 議論

「但是也常常遇到一些不遵守法紀的人和行為，那時我們就要執法，依法懲辦。」

「他們服從嗎？」軒銘問。

「通常還順利，但是也有一些人毫無法制觀念，目無法紀④，那時就要法辦他們，不能姑息。」

軒銘由衷讚道：警察叔叔真好！

注：
① 法制：政權機關建立的法律制度，包括法律的制定、執行和遵守。
② 法規：法律、法令、條例、規則、章程等的總稱。
③ 繩之以法：依據法律來制裁。
④ 目無法紀：不把法制放在眼裏，胡作非為。

語文遊戲

選詞填空

法官　法網　法院　執法　法律　法庭　繩之以法

　　叔叔在大學讀的是（　　　）系，畢業後在（　　　）工作，當了一名（　　　），常常要去（　　　）審案。他說：（　　　）難逃，犯罪分子一定會被我們（　　　）人員（　　　）。

→ 論點 → 點心 → 心境 → 境界 → 界定

kōng xū　　wā kōng xīn sī　　kōng kuàng　　kōng dàng dàng　　kōng luò luò
空虛、挖空心思、空曠、空蕩蕩、空落落、

kōng qián jué hòu　　kōng chéng jì
空前絕後、空城計

6358_024

kōng chéng jì tuì dí
空城計退敵

sān guó shí　　yǒu yí cì wèi guó dé zhī shǔ guó de xī chéng bīng lì báo ruò
三國時，有一次魏國得知蜀國的西城兵力薄弱，

jiù pài dà jiàng sī mǎ yì shuài lǐng shí wǔ wàn jūn duì qián qù gōng dǎ
就派大將司馬懿率領十五萬軍隊前去攻打。

zú zhì duō móu de jūn shī zhū gě liàng dé dào xiāo xi hòu yě hěn jǐn zhāng　yīn
足智多謀的軍師諸葛亮得到消息後也很緊張，因

wèi chéng li bīng lì kōng xū　　rú hé dǐ dǎng
為城裏兵力空虛，如何抵擋？

tā wā kōng xīn sī　　zhōng yú xiǎng chū le yì tiáo miào jì　　tā mìng lìng chéng
他挖空心思①終於想出了一條妙計：他命令城

nèi de píng mín hé shì bīng chè dào shān shang de yí piàn kōng kuàng dì qù
內的平民和士兵撤到山上的一片空曠地去。

sī mǎ yì dài bīng bāo wéi le xī chéng　　zhǐ jiàn chéng mén dà kāi　　chéng li kōng
司馬懿帶兵包圍了西城，只見城門大開，城裏空

dàng dàng de　　bú jiàn yì bīng yì zú　　zhǐ yǒu yí ge lǎo tóu zài mén qián sǎo dì
蕩蕩的，不見一兵一卒，只有一個老頭在門前掃地。

zhū gě liàng zuò zài chéng lóu shang yōu xián de tán zòu gǔ qín　　sī háo méi yǒu lín zhàn de
諸葛亮坐在城樓上悠閒地彈奏古琴，絲毫沒有臨戰的

jǐn zhāng qì fēn
緊張氣氛。

sī mǎ yì cāi xiǎng kōng luò luò de chéng mén li yí dìng mái fú le dà liàng
司馬懿猜想空落落的城門裏一定埋伏了大量

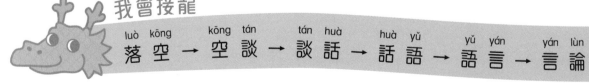

我會接龍

luò kōng　　kōng tán　　tán huà　　huà yǔ　　yǔ yán　　yán lùn
落空 → 空談 → 談話 → 話語 → 語言 → 言論

^{bīng mǎ} ^{zhè shí} ^{tīng dé chéng lóu shang de} ^{qín shēng yóu shū huǎn jiàn jiàn biàn de} ^{jí}
兵 馬。這 時，聽 得 城 樓 上 的 琴 聲 由 舒 緩 漸 漸 變 得 急

^{cù} ^{fǎng fú bào fēng yǔ jiù yào lái lín yì bān} ^{sī mǎ yì huái yí zhè shì zhū gě liàng}
促，彷 彿 暴 風 雨 就 要 來 臨 一 般。司 馬 懿 懷 疑 這 是 諸 葛 亮

^{diào dòng jūn duì fǎn gōng de xìn hào} ^{yú shì jí máng xià lìng tā de jūn duì chè tuì}
調 動 軍 隊 反 攻 的 信 號，於 是 急 忙 下 令 他 的 軍 隊 撤 退 。

^{jiù zhè yàng} ^{zhū gě liàng kōng shǒu bǎo quán le} ^{xī chéng} ^{zhè jiù shì lì shǐ shang} ^{kōng}
就 這 樣，諸 葛 亮 空 手 保 全 了 西 城。這 就 是 歷 史 上 空

^{qián jué hòu de kōng chéng jì}
前 絕 後②的 「空 城 計③」。

注：
① 挖空心思：費盡心機。
② 空前絕後：以前沒有過，以後也不會有。
　　　　　　形容非凡的成就或盛況。
③ 空城計：指掩飾力量空虛，騙過對方的
　　　　　策略。

語文遊戲

你會讀嗎？試着讀讀看。

　　郊區的新房子裏空間很大，書架上還有很多空檔可以
給你擺書。屋外空氣很好，有塊空地可以在空閒的時候種
花。

^{lùn shù} ^{shù píng} ^{píng bǐ} ^{bǐ sài}
→ 論 述 → 述 評 → 評 比 → 比 賽

huā
花一
bā huà
（八畫）

huā shì　huā cǎo　huā nóng　huā pǔ　huā mù　huā huā lǜ lǜ
花市、花草、花農、花圃、花木、花花綠綠、

huā cóng　huā xiān　chā huā　huā dēng　huā shù　pén huā　huā duǒ
花叢、花仙、插花、花燈、花束、盆花、花朵、

huā bāo
花苞

6358_025

chú xī guàng huā shì
除夕逛花市

chú xī yè guàng huā shì　　zhè shì zhāng jiā měi nián de lì xíng jié mù
除夕夜逛花市①，這是張家每年的例行節目。

ā fāng zuì xǐ huan kàn huā shì li de huā cǎo　zhè li　xiānggǎng jiāo qū de
阿芳最喜歡看花市裏的花草。這裏，香港郊區的

huā nóngmen dōu bǎ zì jǐ huā pǔ　li jīng xīn péi yù de huā mù ná lái shòu mài
花農們都把自己花圃②裏精心培育的花木拿來售賣。

rén men yě zài cǐ xuǎn gòu nián huā　rè nao fēi fán
人們也在此選購年花，熱鬧非凡。

ā fāng jiàn dào chéng zhū de nián jú　táo huā　pén zāi de gè shì lán huā
阿芳見到成株的年桔、桃花，盆栽的各式蘭花、

qīng xiāng pū bí de shuǐ xiān huā　zǒu zài huā huā lǜ lǜ de huā cóng zhōng　ā
清香撲鼻的水仙花……走在花花綠綠③的花叢中，阿

fāng jué de zì jǐ biàn chéng yí ge shén huà zhōng de huā xiān le
芳覺得自己變成一個神話中的花仙了。

hái yǒu duō wèi yuán yì zhuān jiā zhǎn chū de chā huā　zhuāng shì yì shù　ràng
還有多位園藝專家展出的插花④裝飾藝術，讓

rén kàn de shǎng xīn yuè mù
人看得賞心悅目。

huā shì li hái chū shòu gè zhǒng huā dēng hé huā shù　pén huā　ā fāng hé
花市裏還出售各種花燈和花束、盆花，阿芳和

mā ma mǎi xià le yí ge dà hóng dēng long hé yì pén hú dié lán　shí shù duǒ shèng kāi
媽媽買下了一個大紅燈籠和一盆蝴蝶蘭，十數朵盛開

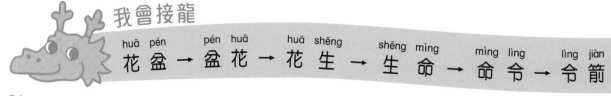

我會接龍

huā pén　　pén huā　　huā shēng　　shēng mìng　　mìng lìng　　lìng jiàn
花盆 → 盆花 → 花生 → 生命 → 命令 → 令箭

de fěn hóng huā duǒ wài jiā duō ge dài fàng huā bāo　huā nóng shuō kě yǐ bǎi fàng jǐ ge
的粉紅花朵外加多個待放花苞，花農說可以擺放幾個

yuè ne
月呢。

注：
① 花市：集中出售花卉的集市。
② 花圃：種花草的園地。
③ 花花綠綠：形容顏色鮮豔多彩。
④ 插花：把各種供觀賞的花適當地搭
　　　　配着插進花瓶、花籃裏的一
　　　　種藝術。

語文遊戲

1. 圈字組詞

花

木 / 頭　盆 / 碟　粉 / 麵　藍 / 籃　招 / 呼　費 / 用

2. 試寫出帶有「花」字的 AB——BA 型詞五個，例如：
　 花盆——盆花

_____

_____

jiàn tóu　　　tóu mù　　　mù guāng　　guāng liàng
→ 箭 頭 → 頭 目 → 目 光 → 光 亮

biǎo
表—
bā huà
（八畫）

biǎo dì　biǎo yǎn　biǎo míng　biǎo gē　biǎo tài　biǎo jiě　biǎo shì
表弟、表演、表明、表哥、表態、表姐、表示、

biǎo qíng　biǎo xiàn lì　yí biǎo　biǎo dá　biǎo yáng
表情、表現力、儀表、表達、表揚

6358_026

xiǎo xiǎo zhù zhàn tuán 小小助戰團

gāng rù xué dú yī nián jí de biǎo dì bèi xuǎn bá qù cān jiā yí cì lǎng sòng biǎo
剛入學讀一年級的表弟被選拔去參加一次朗誦表

yǎn tā hěn jǐn zhāng yì kāi shǐ jiù biǎo míng zì jǐ hěn pà shàng tái yí dìng bú
演，他很緊張，一開始就表明自己很怕上台，一定不

huì chéng gōng
會成功。

biǎo gē xiàng tā biǎo tài zhǐ yào nǐ kěn xià gōng fu wǒ yí dìng tiān
表哥向他表態①：「只要你肯下功夫，我一定天

tiān bāng nǐ pái liàn wǒ hé biǎo jiě yě hěn xīng fèn biǎo shì dū huì quán lì xié
天幫你排練。」我和表姐也很興奮，表示都會全力協

zhù tā liàn hǎo jié mù
助他練好節目。

wǒ men xiān bāng tā bǎ yào lǎng sòng de táng shī bèi chū lai zhú zì zhú jù jiū
我們先幫他把要朗誦的唐詩背出來，逐字逐句糾

zhèng fā yīn děng tā bèi de gǔn guā làn shú hòu biàn jiāo tā jiā shàng miàn bù biǎo
正發音；等他背得滾瓜爛熟後，便教他加上面部表

qíng hé yì xiē dòng zuò shǐ lǎng sòng gèng shēng dòng gèng yǒu biǎo xiàn lì
情和一些動作，使朗誦更生動、更有表現力。

zhèng shì biǎo yǎn nà tiān tā chuān shàng yùn de bǐ tǐng de xiào fú tóu fa
正式表演那天，他穿上熨得筆挺的校服，頭髮

shū de zhěng zheng qí qí de zhěng lǐ hǎo yí biǎo hòu cái shàng tái tā méi gū fù
梳得整整齊齊的，整理好儀表②後才上台。他沒辜負

我會接龍

wài biǎo　biǎo míng　míng tiān　tiān jǐng　jǐng dǐ zhī wā
外表 → 表明 → 明天 → 天井 → 井底之蛙

大家的期望，朗誦時把詩歌內容表達得很好，得到了校方的表揚③。我們這個小小助戰團當然是十分高興啊。

注：
① 表態：表示態度。
② 儀表：人的外表，包括容貌、姿態、風度等。
③ 表揚：對好人好事公開讚美。

語文遊戲

1. 請將錯誤的字圈出來，並在橫線上寫出正確的字。

   他去表寅的時候，很注意自己的義表，還戴上了手

   _____

   表，朗誦時臉上的表清很好，增強了詩歌的俵現力。

   _____

2. 下面哪個字可以和「表」組成詞，請圈出來。

   表

   達 / 到　楊 / 揚　露 / 漏　方 / 格　現 / 出

→ 蛙鳴 → 鳴叫 → 叫喊 → 喊叫 → 叫喚

cháng
長 —
bā huà
（八畫）

shēng zhǎng　cháng cǐ yǐ wǎng　shàn cháng　nián zhǎng　cháng zhù
生 長、長 此 以 往、擅 長、年 長、長 住、

cháng shēng bù lǎo　cháng xū duǎn tàn　cháng yè màn màn
長 生 不 老、長 吁 短 歎、長 夜 漫 漫

6358_027

cháng　é　bēn　yuè
嫦 娥 奔 月

gǔ dài běn lái yǒu shí ge tài yáng　shì yù huáng dà dì de ér zi　tā men
古代本來有十個太陽，是玉皇大帝的兒子。他們

měi tiān lún liú chū lái yí gè zhào yào dà dì　bāng zhù wàn wù shēng zhǎng　cháng cǐ
每天輪流出來一個照耀大地，幫助萬物生長。長此

yǐ wǎng　　　tā men jué de hěn mèn　yǒu yì tiān dì xiōng men jiù yì qǐ chū lái yóu
以往①，他們覺得很悶，有一天弟兄們就一起出來遊

wán　shéi zhī zhè jiù niàng chéng le dà zāi nàn　cháng qī de rì zhào shǐ tǔ dì gān
玩，誰知這就釀成了大災難，長期的日照使土地乾

hàn　zhuāng jia kū sǐ　rén men yuàn shēng zài dào
旱，莊稼枯死，人們怨聲載道。

shàn cháng　shè jiàn de tiān shén hòu yì yì xīn wèi bǎi xìng jiě nán　jiù lā qǐ gōng
擅長②射箭的天神后羿一心為百姓解難，就拉起弓

jiàn bǎ tài yáng yí gè gè shè le xià lai　zhǐ liú xià zuì nián zhǎng de tài yáng dà gē
箭把太陽一個個射了下來，只留下最年長的太陽大哥。

yù huáng dà dì tīng wén hòu dà nù　bǎ hòu yì hé tā de qī zi cháng é biǎn
玉皇大帝聽聞後大怒，把后羿和他的妻子嫦娥貶

wéi fán rén　zài rén jiān cháng zhù
為凡人，在人間長住。

hòu yì jiù xiàng wáng mǔ niáng niang tǎo lái le liǎng kē yào wán　fū qī liǎ chī
后羿就向王母娘娘討來了兩顆藥丸，夫妻倆吃

le jiù kě yǐ cháng shēng bù lǎo　shéi zhī cháng é yì shí tān xīn　dú zì tūn xià
了就可以長生不老③。誰知嫦娥一時貪心，獨自吞下

我會接龍

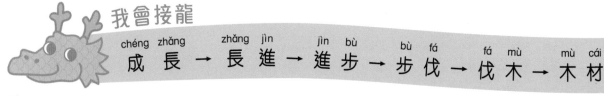

chéng zhǎng　zhǎng jìn　jìn bù　bù fá　fá mù　mù cái
成 長 → 長 進 → 進 步 → 步 伐 → 伐 木 → 木 材

^{le} ^{liǎng kē}　　^{tā suí jí jiù fēi xiàng wàn lǐ cháng kōng}　^{piāo xiàng yuè liang}　^{zhù jìn}
了 兩 顆 ，她 隨 即 就 飛 向 萬 里 長 空 ，飄 向 月 亮 ，住 進

^{le guǎng hán gōng}
了 廣 寒 宮 。

　　^{měi tiān}　　^{tā lěng lěng qīng qīng de miàn duì zhe guì huā shù hé dǎo yào de yù tù}
每 天 ，她 冷 冷 清 清 地 面 對 着 桂 花 樹 和 搗 藥 的 玉 兔

^{cháng xū duǎn tàn}　　　^{tā huái niàn hòu yì}　^{cháng yè màn màn}　^{nán yǐ rù mián}　^{hòu}
長 吁 短 歎④。她 懷 念 后 羿 ，長 夜 漫 漫 ，難 以 入 眠 ，後

^{huǐ mò jí}
悔 莫 及 。

注：

① **長此以往**：總是這樣下去。

② **擅長**：在某方面有特長。

③ **長生不老**：永遠活着不見老。

④ **長籲短歎**：因傷感、煩悶、痛苦等
　　　　　　不住地唉聲歎氣。

語文遊戲 ✏

你會讀嗎？試着讀讀看。

　　這塊蔬菜地長勢喜人，莊稼也生長得很好。長此以往，我們能自給自足，長年累月的耕種，令我們能有一技之長了。

^{cái liào}　　^{liào xiǎng}　　^{xiǎng niàn}　　^{niàn xiǎng}
→ 材料 → 料 想 → 想 念 → 念 想

xìn
信—
jiǔ huà
（九畫）

xìn zhǐ　xìn fēng　xìn jiàn　shū xìn　xìn xiāng　huí xìn
信紙、信封、信件、書信、信箱、回信、

xìn gē　　tōng fēng bào xìn
信鴿、通風報信

6358_028

gěi yé ye xiě xìn
給爺爺寫信

xiǎo xī de shí hou　　　zhǐ huá kàn jiàn xiǎo fāng pā zài shū zhuō shang rèn zhēn de xiě
小息的時候，芷華看見小芳趴在書桌上認真地寫

zhe shén me　　jiù guò qu wèn tā　　　nǐ zěn me bù chū qu wán　　zài zuò shén me
着什麼，就過去問她：「你怎麼不出去玩，在做什麼

ya
呀？」

xiǎo fāng shuō　　　wǒ zài gěi yé ye xiě xìn ne　　shuō zhe　　tā bǎ xiě
小芳說：「我在給爺爺寫信呢。」說着，她把寫

mǎn zì de xìn zhǐ xiǎo xīn zhé hǎo　　zhuāng rù xìn fēng
滿字的信紙小心摺好，裝入信封。

zhǐ huá xiào tā　　　xiàn zài hái yòng dé zháo xiě xìn ma　　rén men zǎo jiù bú
芷華笑她：「現在還用得着寫信嗎？人們早就不

yòng xìn jiàn lái lián luò le　　yòng diàn huà　wēi xìn　wēi bó　wǎng shàng tán tiān
用信件來聯絡了，用電話、微信、微博，網上談天、

jiāo huàn zī xùn　　duō fāng biàn na
交換資訊，多方便哪！」

shì a　　diàn zǐ yóu jiàn zǎo jiù dài tì le shū xìn　　kě shì　　wǒ hái shi
「是啊，電子郵件早就代替了書信，可是，我還是

xǐ huan měi nián shǒu xiě yì fēng xìn gěi zhù zài měi guó de yé ye hè nián　　qīn shǒu tiē
喜歡每年手寫一封信給住在美國的爺爺賀年，親手貼

shang yóu piào　　bǎ xìn tóu rù yóu tǒng　　zài cóng xìn xiāng zhōng shōu dào huí xìn de gǎn
上郵票，把信投入郵筒，再從信箱中收到回信的感

我會接龍

xìn chā → chāi shǐ → shǐ mìng → mìng yùn → yùn qì → qì liú
信差 → 差使 → 使命 → 命運 → 運氣 → 氣流

jué lìng wǒ hěn kāi xīn　　xiǎofāngshuō

覺令我很開心。」小芳説。

shí dài yuè lái yuè jìn bù le　xiǎngdāngnián méi yǒu yóu zhèng de shí hou

「時代越來越進步了，想當年沒有郵政的時候，

rén men hái céng jīng yòng guò zhǐ yào　xìn gē　lái　tōng fēng bào xìn　ne　zhēn xiǎng

人們還曾經用過紙鷂、信鴿①來通風報信②呢，真想

bu dào hòu lái yǒu le zhè me duō de fā míng　　zhǐ huá gǎn kǎi de shuō

不到後來有了這麼多的發明！」芷華感慨地説。

注：

① **信鴿**：專門訓練來傳遞書信的家鴿。

② **通風報信**：透露消息，多指把對立
　　　　　　　雙方中一份的機密暗中
　　　　　　　告知另一方。

語文遊戲

1. 尋找近義詞並連線。

　　信仰　　信任　　信用　　音信　　信從

　　信譽　　信息　　信賴　　聽從　　信奉

2. 尋找反義詞並連線。

　　相信　　守信　　收信　　信服　　言而有信

　　失信　　回信　　懷疑　　信口開河　　反對

liú　dòng　　　dòng dàng　　　dàng qiū qiān　　qiān yán wàn yǔ

→ 流動 → 動盪 → 盪秋千 → 千言萬語

bǎo
保一
jiǔ huà
（九畫）

bǎo ān　bǎo biāo　bǎo mì　bǎozhàng　bǎo hù　bǎo chí
保安、保鏢、保密、保障、保護、保持、

bǎo guǎn　bǎo yòu
保管、保佑

6358_029

mó fàn bǎo ān yuán
模範保安員

wǒ men dà shà de bǎo ān yuánwáng bó bìngdǎo le　xiāo xi chuán lái　dà
我們大廈的保安①員王伯病倒了，消息傳來，大

jiā dōu wèi tā dān yōu
家都為他擔憂。

wáng bó zài zhè li gōngzuò yǐ jing èr shí nián le　tā yuán lái shì yì jiā sī
王伯在這裏工作已經二十年了，他原來是一家私

rén gōng sī de bǎo biāo　yīn wèishòu le shāng　suǒ yǐ zhuǎndāngbǎo ān yuán　tā
人公司的保鏢②，因為受了傷，所以轉當保安員。他

gōngzuò rèn zhēn　yán gé zhí xíngguī zhāng zhì dù　céngjīngyǒu mò shēng rén lái tàn wèn
工作認真，嚴格執行規章制度，曾經有陌生人來探問

zhù hù de zī liào　tā yán sù de shuō　zhè shì bǎo mì de　wǒ de zé rèn shì
住戶的資料，他嚴肅地說：「這是保密的，我的責任是

bǎo zhàngzhù hù de ān quán　bù néng gào su nǐ　tā hái céngshí pò liǎngzōng
保障住戶的安全，不能告訴你。」他還曾識破兩宗

rù wū xíng qiè àn　bǎo hù le zhù hù de cái chǎn
入屋行竊案，保護了住戶的財產。

kě shì tā duì měi yí ge zhù kè dōubǎo chí yí guàn de qīn qiè xiàoróng　rè
可是他對每一個住客都保持一貫的親切笑容，熱

qíngwèi dà jiā fú wù　wǒ menquán jiā wài chū lǚ xíngduō tiān　tā huì bǎo guǎn wǒ
情為大家服務。我們全家外出旅行多天，他會保管我

men de suǒ yǒuyóu jiàn hé bào zhǐ ne　qù niánwáng bó bèi píngshàng wū cūn de mó fàn
們的所有郵件和報紙呢。去年王伯被評上屋邨的模範

我會接龍

bǎo shì　　shì fàng　　fàng rèn　　rèn hé　　hé shí hé de
保釋 → 釋放 → 放任 → 任何 → 何時何地

bǎo ān yuán　zhēn shì zhòng wàng suǒ guī
保安員，真是眾望所歸。

　　rú jīn　　tā huàn le zhòng bìng　　wǒ men dōu qí dǎo shàng tiān bǎo yòu　　tā
　　如今，他患了重病，我們都祈禱上天保佑③他。

wáng bó　　nín yào bǎo guǎn a　　wǒ men dōu děng zhe nín huí lai ne
王伯，您要保管啊，我們都等着您回來呢。

注：
① 保安：保衞治安。
② 保鏢：為別人護送財物或保護別人
　　　　人身安全的人。
③ 保佑：指神力的保護和幫助。

語文遊戲

填空成句

　　　　　保證　保持　保修　保養　保障

　　爸爸把他的車（　　　）得很好，每天都能
（　　　）整潔，一有問題就送去（　　　），這
樣就（　　　）了行車安全，我們全家的幸福有了
（　　　）。

dì fang　　　fāng wèi　　　wèi zhi　　　zhì yè　　　yè jì
→ 地方 → 方位 → 位置 → 置業 → 業績

qián
前一
jiǔ huà
（九畫）

qián mian　qián tí　qián xī　qián suǒ wèi yǒu　qián bèi
前面、前提、前夕、前所未有、前輩、

yǒng wǎng zhí qián　qián hòu　wèi suō bù qián　qián fēng　qián jiǎo
勇往直前、前後、畏縮不前、前鋒、前腳、

qián yǎng hòu hé
前仰後合

6358_030

兔狗足球賽
（tù gǒu zú qiú sài）

兔子族和花狗族都是足球迷，兩個家族常常一起在大山前面的草地上玩踢球。

前天下午，兔爸爸和花狗爸爸在練球時不約而同地建議：不如我們兩家來一次足球比賽，前提①是只能兩個家族的成員出賽，不能借助外力。

比賽前夕，兩家都偷偷地在山前山後的平地上練習。

今天上午，比賽正式開始。這是林中一場前所未有的家族足球賽，足球前輩黑豹當裁判，小動物們都來觀戰。

兩隊球員個個勇往直前，拼命前後奔跑爭球，

我會接龍

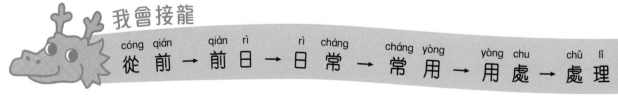

從前 → 前日 → 日常 → 常用 → 用處 → 處理

64

méi yǒu yí gè wèi suō bù qián de dān rèn qián fēng de huī tù gèng shì mài lì yí
沒有一個畏縮不前②的。擔任前鋒的灰兔更是賣力，一

cì tī qiú rù mén tài yòng lì jìng bǎ qián jiǎo de qiú xié yě tī de fēi qǐ dǎ zài
次踢球入門太用力，竟把前腳的球鞋也踢得飛起，打在

cái pàn de tóu shang bǎ quán chǎng qiú yuán hé guān zhòng xiào de qián yǎng hòu hé
裁判的頭上，把全場球員和觀眾笑得前仰後合③！

bǐ sài jié guǒ shì dǎ píng zhèng míng shuāng fāng shí lì xiāng dāng jiē
比賽結果是 2：2 打平，證明雙方實力相當，皆

dà huān xǐ
大歡喜。

注：
① 前提：事物發生或發展的先決條件。
② 畏縮不前：害怕而不敢向前。
③ 前仰後合：形容身體前後晃動，多指大笑時。

語文遊戲

1. 下面這些雙音節詞拆開後哪個能與「前」拼成詞，試試你
   能拼出多少？
   先 / 首　　道 / 途　　去 / 往　　之 / 也

2. 下面這些成語中哪個是「勇往直前」的近義詞，請圈出來，
   哪些是它的反義詞，請「✓」出來。
   前仰後合　前所未有　畏縮不前　前功盡棄

   奮勇向前　前因後果　前怕狼後怕虎

lǐ huì huì kè kè ren rén men
→ 理會 → 會客 → 客人 → 人們

zhǐ
指—
jiǔ huà
（九畫）

shǒu qū yì zhǐ　zhǐ chū　zhǐ jiào　zhǐ diǎn　zhǐ wén　zhǐ nán zhēn
首屈一指、指出、指教、指點、指紋、指南針、

zhǐ kòng　zhǐ dǎo　zhǐ zé　zhǐ lù wéi mǎ　zhǐ zhi diǎn diǎn
指控、指導、指責、指鹿為馬、指指點點、

zhǐ wang　qū zhǐ kě shǔ
指望、屈指可數

6358_031

huáng gǒu bài shī
黃狗拜師

huáng gǒu hěn chóng bài lín zhōng shǒu qū yì zhǐ de zhēn tàn hú li xiān sheng
黃狗很崇拜林中首屈一指的偵探狐狸先生，

qù bài tā wéi shī
去拜他為師。

hú li tīng qīng le tā de lái yì xiào zhe zhǐ chū hǎo ba nǐ de
狐狸聽清了他的來意，笑着指出：「好吧，你的

xiù jué líng mǐn zhèng hǎo yǔ wǒ pèi dā hé zuò huáng gǒu zuò yī bài dào qǐng
嗅覺靈敏，正好與我配搭合作。」黃狗作揖拜道：「請

shī fu duō duō zhǐ jiào
師傅多多指教！」

hú li jiù bǎ huáng gǒu dài zài shēn biān suí shí zhǐ diǎn tā shǒu bǎ shǒu jiāo
狐狸就把黃狗帶在身邊，隨時指點他。手把手教

tā zěn me gēn zōng xián yí rén zěn me biàn rèn zhǐ wén zěn me sōu jí zuì zhèng
他怎麼跟蹤嫌疑人、怎麼辨認指紋、怎麼搜集罪證、

zěn me zài huāng yě shǐ yòng zhǐ nán zhēn zěn me zhǐ kòng zuì fàn děng děng
怎麼在荒野使用指南針、怎麼指控①罪犯等等。

zài shī fu rèn zhēn de zhǐ dǎo xià huáng gǒu guǒ zhēn xué dào le zhēn tàn gōng
在師傅認真的指導下，黃狗果真學到了偵探工

zuò de jì néng pèi he hú li pò le bù shǎo zuì àn dàn shì tā yǒu shí yě huì
作的技能，配合狐狸破了不少罪案。但是他有時也會

chū cuò zhè shí jiù miǎn bù liǎo yào shòu dào shī fu yán lì de zhǐ zé yǒu yí cì
出錯，這時就免不了要受到師傅嚴屬的指責。有一次

我會接龍

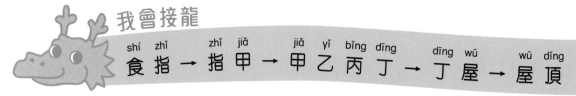

shí zhǐ　zhǐ jiǎ　jiǎ yǐ bǐng dīng　dīng wū　wū dǐng
食指 → 指甲 → 甲乙丙丁 → 丁屋 → 屋頂

黃狗糊塗得指鹿為馬②，讓罪犯逍遙法外，氣得狐狸差點要把他趕出門外。

狐狸對黃狗說：「我每天對你指指點點③，有時還會責罵你，你不要在意。我是指望你早日出道，成為林中屈指可數④的偵探，為民除害。」

注：
① 指控：指責和控訴。
② 指鹿為馬：故意把鹿說成是馬，比喻顛倒黑白、混淆是非。
③ 指指點點：在旁邊挑剔毛病。
④ 屈指可數：彎着手指頭計算數目，形容數目很少。

語文遊戲

為成語填空

a. 屈指（　　）（　　）　　b. 首屈（　　）（　　）

c. 指鹿（　　）（　　）　　d. 指指（　　）（　　）

e. 指（　　）罵（　　）　　f. 指（　　）道（　　）

g. （　　）（　　）可待　　h. 指（　　）劃（　　）

頂天立地 → 地盤 → 盤算 → 算術 → 術語

xiāng
相 —
jiǔ huà
（九畫）

xiāng fǎng　xiāng jìn　xiāng tóng　xiāng chà wú jǐ　xiāng chǔ
相仿、相近、相同、相差無幾、相處、

xiāng ān wú shì　　hù xiāng　　xiāng rú yǐ mò　　xiāng yī wéi mìng
相安無事、互相、相濡以沫、相依為命

6358_032

相濡以沫
xiāng　rú　yǐ　mò

yí ge měi lì de dà hú li
一個美麗的大湖裏，有無數魚兒每天悠游自在地在
yǒu wú shù yú ér měi tiān yōu yóu zì zài de zài

shuǐ zhōng xī xì　　tā men de shēn xíng xiāng fǎng　　yú lín sè cǎi xiāng jìn　　shēng huó
水中嬉戲。他們的身形相仿，魚鱗色彩相近，生活

xí guàn xiāng tóng　　shēn tǐ dà xiǎo yě xiāng chà wú jǐ　　tā men shì tóng shǔ yí ge
習慣相同，身體大小也相差無幾①，他們是同屬一個

yú ér jiā zú de tóng yí dài
魚兒家族的同一代。

zhè qún xiōng dì jiě mèi yú ér xiāng chǔ hé xié　　rì rì xiāng ān wú shì
這羣兄弟姐妹魚兒相處和諧，日日相安無事②。

kě shì hǎo jǐng bù cháng　　zhè nián xià tiān dà hàn　　yǎn jiàn hú li de shuǐ rì yì gān
可是好景不長，這年夏天大旱，眼見湖裏的水日益乾

hé　　yú ér men bèi kùn zài hú dǐ de ní tán zhōng　　jí de tuán tuán zhuàn
涸，魚兒們被困在湖底的泥潭中，急得團團轉。

hòu lái hú shuǐ wán quán bèi měng liè de yáng guāng shài gān le　　yú ér men yǎn
後來湖水完全被猛烈的陽光曬乾了，魚兒們奄

yǎn yì xī　　tā men hù xiāng zuǐ duì zhe zuǐ　　yòng kǒu shuǐ zī rùn zhe duì fāng　　měi
奄一息。他們互相嘴對着嘴，用口水滋潤着對方。每

tiáo dà yú wǎng wǎng qù bāng zhù hǎo jǐ tiáo xiǎo yú　　miǎn de tā men kě sǐ
條大魚往往去幫助好幾條小魚，免得他們渴死。

我會接龍

xiāng yìng　　yìng yǔn　　yǔn xǔ　　xǔ nuò　　nuò yán　　yán yǔ
相應 → 應允 → 允許 → 許諾 → 諾言 → 言語

zhè qún yú ér men　xiāng rú yǐ mò　　xiāng yī wéi mìng　de dòng rén qíng jǐng
這羣魚兒們 相濡以沫③、相依為命④ 的動人情景

gǎn dòng le tiān dì　　tā lìng yǔ shén xià le jǐ tiān dà yǔ　wǎn jiù le yú ér men
感動了天帝，他令雨神下了幾天大雨，挽救了魚兒們

de xìng mìng
的性命。

注：

① **相差無幾**：沒有多少差別，差別不大。

② **相安無事**：相處沒有衝突。

③ **相濡以沫**：比喻同處困境，相互救助。

④ **相依為命**：互相依靠着生活，誰也離
不開誰。

語文遊戲

1. 填空成句

　　　互相　相鄰　相安無事　相敬如賓

王李兩家（　　　　　）而居，多年來客氣地
（　　　　　），事事（　　　　　）幫助，一直
（　　　　　），是一對好鄰居。

2. 為下列詞尋找「相」字開頭的近義詞。

相似：＿＿＿＿＿＿＿＿＿＿＿＿＿＿＿

相稱：＿＿＿＿＿＿＿＿＿＿＿＿＿＿＿

yǔ yán　　yán lùn　　lùn zhèng　　zhèng jiàn
→ 語言 → 言論 → 論證 → 證件

kàn
看一
jiǔ huà
（九畫）

kān hù　kàn dài　zhào kàn　kàn wàng　kàn qí　kàn shàng
看護、看待、照看、看望、看齊、看上、

kàn bu qǐ　kàn dào　lìng yǎn xiāng kàn　kàn fǎ
看不起、看到、另眼相看、看法

6358_033

hù shi gū gu 護士姑姑

wǒ de gū gu shēng xìng wēn róu　hěn huì zhào gù bié rén　tā zì yuàn xuǎn
我的姑姑生性溫柔，很會照顧別人，她自願選

dú le hù shi xué xiào　bì yè hòu chéng wéi yí wèi hù shi
讀了護士學校，畢業後成為一位護士。

gū gu xì xīn kān hù bìng rén　jìn lì mǎn zú tā men de xū yào　bìng
姑姑細心看護①病人，盡力滿足他們的需要；病

rén wú lùn pín fù　tā dōu tóng yàng kàn dài　xī xīn zhào kàn　duì dài qián lái kàn
人無論貧富，她都同樣看待，悉心照看。對待前來看

wàng bìng rén de jiā shǔ　tā yě qīn qiè yǒu lǐ　tā zài yī yuàn li duō cì bèi píng
望病人的家屬，她也親切有禮。她在醫院裏多次被評

wéi yōu xiù yuán gōng　yuàn fāng hào zhào dà jiā yào xiàng tā kàn qí　quán xīn quán yì
為優秀員工，院方號召大家要向她看齊②，全心全意

wèi bìng rén fú wù
為病人服務。

yǒu yí wèi qián lái tàn bìng de nán zǐ kàn shàng le zhè wèi hǎo gū niang　ài
有一位前來探病的男子看上③了這位好姑娘，愛

shàng le tā　kě shì nán zǐ de fù mǔ kàn bu qǐ hù shi gōng zuò　bú zàn chéng
上了她，可是男子的父母看不起護士工作，不贊成

zhè mén hūn shì　jiàn jiàn de　zài rì hòu de jiāo wǎng zhōng tā men shú xī le wǒ gū
這門婚事。漸漸地，在日後的交往中他們熟悉了我姑

gu　kàn dào le tā de gāo guì pǐn zhì　jiù duì tā lìng yǎn xiāng kàn　gǎi biàn
姑，看到了她的高貴品質，就對她另眼相看④，改變

我會接龍

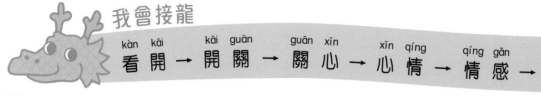

kàn kāi　kāi guān　guān xīn　xīn qíng　qíng gǎn　gǎn qíng
看開 → 開關 → 關心 → 心情 → 情感 → 感情

<ruby>了<rt>liǎo</rt></ruby> <ruby>當<rt>dàng</rt></ruby> <ruby>初<rt>chū</rt></ruby> <ruby>的<rt>de</rt></ruby> <ruby>看<rt>kàn</rt></ruby> <ruby>法<rt>fǎ</rt></ruby>，<ruby>有<rt>yǒu</rt></ruby> <ruby>情<rt>qíng</rt></ruby> <ruby>人<rt>rén</rt></ruby> <ruby>終<rt>zhōng</rt></ruby> <ruby>成<rt>chéng</rt></ruby> <ruby>眷<rt>juàn</rt></ruby> <ruby>屬<rt>shǔ</rt></ruby>，<ruby>那<rt>nà</rt></ruby> <ruby>男<rt>nán</rt></ruby> <ruby>子<rt>zǐ</rt></ruby> <ruby>就<rt>jiù</rt></ruby> <ruby>成<rt>chéng</rt></ruby> <ruby>了<rt>le</rt></ruby>

<ruby>我<rt>wǒ</rt></ruby> <ruby>的<rt>de</rt></ruby> <ruby>姑<rt>gū</rt></ruby> <ruby>父<rt>fu</rt></ruby>。

注：

① **看護**：護理。

② **看齊**：拿某人作為學習榜樣。

③ **看上**：看中。

④ **另眼相看**：用另一種眼光看待。

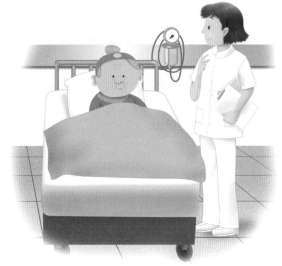

語文遊戲

1. 猜字謎

用手搭眼遠望。

_____（猜一字）

2. 你會讀嗎？試着讀讀看。

我家的鮑比是一隻盡職的看家狗，牠為我們看守大門，還會看護我的嬰兒妹妹。我們把牠當家人看待，細心照看牠。一日看不見牠，我就很掛念牠。

→ <ruby>情<rt>qíng</rt></ruby> <ruby>有<rt>yǒu</rt></ruby> <ruby>可<rt>kě</rt></ruby> <ruby>原<rt>yuán</rt></ruby> → <ruby>原<rt>yuán</rt></ruby> <ruby>諒<rt>liàng</rt></ruby> → <ruby>諒<rt>liàng</rt></ruby> <ruby>解<rt>jiě</rt></ruby> → <ruby>解<rt>jiě</rt></ruby> <ruby>答<rt>dá</rt></ruby>

shén
神一
jiǔ huà
（九畫）

shén qí　jù jīng huì shén　shén guài　shén xiān　shén qíng
神奇、聚精會神、神怪、神仙、神情、

yí shén yí guǐ　shén huà　shén mì　shén hū qí shén
疑神疑鬼、神話、神秘、神乎其神

6358_034

小婷不怕了
xiǎo tíng bú pà le

xiǎo tíng rù dú xiǎo xué hòu　kǎo dào quán jí dì yī　tā zì jǐ dōu shuō
小婷入讀小學後，考到全級第一，她自己都說

zěn me zhè yàng shén qí a　mā ma shuō zhè shì nǐ nǔ lì de jié guǒ ya
「怎麼這樣神奇啊？」媽媽說這是你努力的結果呀。

kě shì　zuì jìn xiǎo tíng de chéng jì tuì bù le　zuò gōng kè shí bú xiàng yǐ
可是，最近小婷的成績退步了，做功課時不像以

qián nà yàng jù jīng huì shén　kǎo shì shí hún bù shǒu shè　cháng cháng xiě cuò zì hé
前那樣聚精會神①，考試時魂不守舍，常常寫錯字和

lòu zuò tí　mā ma jué de qí guài　biàn wèn tā zěn me la
漏做題。媽媽覺得奇怪，便問她怎麼啦。

xiǎo tíng shuō　wǒ zuì jìn cháng zuò è mèng mèng jiàn shén guài　bái tiān yě
小婷說：「我最近常做噩夢，夢見神怪，白天也

hǎo xiàng kàn jiàn shén xiān lái dào wǒ jiā　wǒ hěn pà
好像看見神仙來到我家，我很怕……」

mā ma kàn tā de shén qíng bú xiàng shì zài shuō xiào　biàn kāi dǎo tā shuō
媽媽看她的神情不像是在說笑，便開導她說：

zhè shì yīn wèi nǐ píng shí kàn shū kàn de duō le　xiǎng de duō le　jiù yǒu diǎn yí
「這是因為你平時看書看得多了，想得多了，就有點疑

shén yí guǐ le　shū shang zhè xiē gù shi yǒu xiē shì gǔ dài shén huà　yǒu xiē shì
神疑鬼②了。書上這些故事有些是古代神話，有些是

mín jiān chuán shuō　yǒu xiē shì wèi le zhì zào gù shi de shén mì qì fēn　bǎ gù shi
民間傳說，有些是為了製造故事的神秘氣氛，把故事

我會接龍

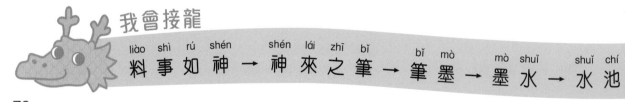

liào shì rú shén　shén lái zhī bǐ　bǐ mò　mò shuǐ　shuǐ chí
料事如神 → 神來之筆 → 筆墨 → 墨水 → 水池

說得<ruby>神乎其神<rt>shén hū qí shén</rt></ruby>③<ruby>的<rt>de</rt></ruby><ruby>來<rt>lái</rt></ruby><ruby>吸<rt>xī</rt></ruby><ruby>引<rt>yǐn</rt></ruby><ruby>讀<rt>dú</rt></ruby><ruby>者<rt>zhě</rt></ruby>。<ruby>其<rt>qí</rt></ruby><ruby>實<rt>shí</rt></ruby><ruby>現<rt>xiàn</rt></ruby><ruby>實<rt>shí</rt></ruby><ruby>生<rt>shēng</rt></ruby><ruby>活<rt>huó</rt></ruby><ruby>裏<rt>li</rt></ruby><ruby>是<rt>shì</rt></ruby><ruby>沒<rt>méi</rt></ruby><ruby>有<rt>yǒu</rt></ruby><ruby>這<rt>zhè</rt></ruby><ruby>些<rt>xiē</rt></ruby><ruby>神<rt>shén</rt></ruby><ruby>仙<rt>xiān</rt></ruby><ruby>鬼<rt>guǐ</rt></ruby><ruby>怪<rt>guài</rt></ruby><ruby>的<rt>de</rt></ruby>，<ruby>不<rt>bú</rt></ruby><ruby>用<rt>yòng</rt></ruby><ruby>怕<rt>pà</rt></ruby>。」

<ruby>媽<rt>mā</rt></ruby><ruby>媽<rt>ma</rt></ruby><ruby>的<rt>de</rt></ruby><ruby>開<rt>kāi</rt></ruby><ruby>導<rt>dǎo</rt></ruby><ruby>起<rt>qǐ</rt></ruby><ruby>了<rt>le</rt></ruby><ruby>作<rt>zuò</rt></ruby><ruby>用<rt>yòng</rt></ruby>，<ruby>小<rt>xiǎo</rt></ruby><ruby>婷<rt>tíng</rt></ruby><ruby>回<rt>huí</rt></ruby><ruby>復<rt>fù</rt></ruby><ruby>到<rt>dào</rt></ruby><ruby>正<rt>zhèng</rt></ruby><ruby>常<rt>cháng</rt></ruby><ruby>的<rt>de</rt></ruby><ruby>狀<rt>zhuàng</rt></ruby><ruby>態<rt>tài</rt></ruby>，<ruby>不<rt>bú</rt></ruby><ruby>再<rt>zài</rt></ruby><ruby>害<rt>hài</rt></ruby><ruby>怕<rt>pà</rt></ruby><ruby>了<rt>le</rt></ruby>。

注：

① **聚精會神**：集中精神，集中注意力。

② **疑神疑鬼**：形容人多疑。

③ **神乎其神**：神秘奇妙到了極點。

語文遊戲

1. 以下的成語中，找出哪些是近義詞，分別用不同的顏色圈出來。

   神乎其神、神不守舍、疑神疑鬼、料事如神
   用兵如神、炯炯有神、神出鬼沒、神志不清
   神工鬼斧、神機妙算、神魂不定、神來之筆

2. 試用「聚精會神」造句。

   _____

   _____

→ <ruby>池<rt>chí</rt></ruby><ruby>塘<rt>táng</rt></ruby> → <ruby>塘<rt>táng</rt></ruby><ruby>鵝<rt>é</rt></ruby> → <ruby>鵝<rt>é</rt></ruby><ruby>蛋<rt>dàn</rt></ruby> → <ruby>蛋<rt>dàn</rt></ruby><ruby>糕<rt>gāo</rt></ruby> → <ruby>糕<rt>gāo</rt></ruby><ruby>點<rt>diǎn</rt></ruby>

měi
美一
jiǔ huà
（九畫）

měi guó　měi jǐng　měi bú shèng shōu　měi lì　měi cān　měi shí
美國、美景、美不勝收、美麗、美餐、美食、

jià lián wù měi　měi zī zī　měi mǎn　měi hǎo　měi zhōng bù zú
價廉物美、美滋滋、美滿、美好、美中不足

6358_035

měi guó zhī xíng
美國之行

xiǎo qíng de bó fù zhù zài měi guó　jīn nián shǔ jià　bó fù yāo qǐng xiǎo qíng
小晴的伯父住在美國，今年暑假，伯父邀請小晴

quán jiā qù wán
全家去玩。

bó fù bó mǔ rè qíng de zhāo dài tā men　qǐng le jià kāi chē dài tā men dào
伯父伯母熱情地招待他們，請了假開車帶他們到

gè dì wán　dà xiá gǔ de měi jǐng jīng xīn dòng pò　lā sī wéi jiā sī de jiǔ diàn
各地玩。大峽谷的美景驚心動魄，拉斯維加斯的酒店

jiàn zhù měi bú shèng shōu　jǐ ge guó jiā sēn lín gōng yuán de fēng jǐng měi lì yòu níng
建築美不勝收，幾個國家森林公園的風景美麗又寧

jìng　tā men hái cān guān le hǎo jǐ ge měi shù guǎn hé bó wù guǎn　lǐng lüè le
靜……他們還參觀了好幾個美術館和博物館，領略了

dāng dì de wén huà qì fēn
當地的文化氣氛。

bó fù hái dài tā men qù bù tóng de cān guǎn yòng cān　dùn dùn dōu shì měi
伯父還帶他們去不同的餐館用餐，頓頓都是美

cān　ràng tā men pǐn cháng dào gè guó fēng wèi de měi shí　hái qù le hǎo jǐ ge tè
餐，讓他們品嘗到各國風味的美食；還去了好幾個特

mài shāng chǎng　nà li chū shòu jià lián wù měi de míng pái chǎn pǐn　xiǎo qíng de
賣商場，那裏出售價廉物美①的名牌產品，小晴的

mā ma mǎi le yí dài yòu yí dài de wù pǐn　xīn zhōng měi zī zī de
媽媽買了一袋又一袋的物品，心中美滋滋②的。

我會接龍

chéng rén zhī měi　měi róng　róng mào　mào bù jīng rén　rén mín
成人之美 → 美容 → 容貌 → 貌不驚人 → 人民

這次的美國之行非常<ruby>美滿<rt>měi mǎn</rt></ruby>，給小晴留下了<ruby>美好<rt>měi hǎo</rt></ruby>的回憶。<ruby>美中不足<rt>měi zhōng bù zú</rt></ruby>③的是這段日子表哥到外地宿營去了，沒能在家接待小晴陪她一起玩。

① **價廉物美**：價錢便宜，物品的品質又好。
② **美滋滋**：形容很高興很得意的樣子。
③ **美中不足**：雖然很好，但還有缺陷。

語文遊戲

填空成句

美景　美味　美食家　美妙　美食

叔叔是一位（　　　　），經常帶團到各地旅行，不僅可以品嘗到各地（　　　　）的（　　　　），還可以欣賞不同的（　　　　），這樣的生活真（　　　　）啊！

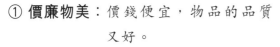

→ <ruby>民眾<rt>mín zhòng</rt></ruby> → <ruby>眾多<rt>zhòng duō</rt></ruby> → <ruby>多少<rt>duō shao</rt></ruby> → <ruby>少年<rt>shào nián</rt></ruby> → <ruby>年青<rt>nián qīng</rt></ruby>

zhòng yòng　zhòng rèn　jìng zhòng　zhòng shāng　zhòng shì　chóng xīn
重用、重任、敬重、重傷、重視、重新、

shèn zhòng　chóng dǎo fù zhé　chóng zhěng qí gǔ　shā chū chóng wéi
慎重、重蹈覆轍、重整旗鼓、殺出重圍

6358_036

táng láng jiāng jūn fù chū
螳螂將軍復出

táng láng shì kūn chóng wáng guó de yì yuán dà jiàng　dé dào guó wáng de zhòng
螳螂是昆蟲王國的一員大將，得到國王的重

yòng　fán shì chū zhēng shā dí zhè lèi zhòng rèn dōu shǎo bu liǎo yóu tā qīn zì dài
用，凡是出征殺敵這類重任都少不了由他親自帶

duì　tā lǚ zhàn lǚ shèng　huò dé jūn mín de jí dà jìng zhòng
隊，他屢戰屢勝，獲得軍民的極大敬重。

kě shì　yǒu yí cì zài zhàn chǎng shang tā gū jì cuò wù　yòng zì jǐ de
可是，有一次在戰場上他估計錯誤，用自己的

táng bì qù dǎng chē　bú dàn méi dǎng zhù chē　fǎn ér zì jǐ shòu le zhòng shāng
螳臂去擋車，不但沒擋住車，反而自己受了重傷，

zhì liáo le yí ge duō yuè　tā hěn zhòng shì zì jǐ de zhè cì shī bài　xiū yǎng qī
治療了一個多月。他很重視自己的這次失敗，休養期

jiān bù tíng fǎn xǐng　chóng xīn huí gù zhè cì zhàn shì　jiǎn chá cuò wù　tā dé chū
間不停反省，重新回顧這次戰事，檢查錯誤。他得出

jié lùn　bù néng dī gū dí rén de lì liang　yào shèn zhòng xíng shì　liàng lì ér
結論：不能低估敵人的力量，要慎重①行事，量力而

xíng　tā jué xīn xī qǔ jiào xùn　jué bù chóng dǎo fù zhé
行，他決心吸取教訓，決不重蹈覆轍②。

dí fāng qǔ dé yí cì shèng lì hòu yáng yáng dé yì　fàng sōng le jǐng tì
敵方取得一次勝利後洋洋得意，放鬆了警惕。

táng láng jiāng jūn shāng yù hòu　xùn liàn bù duì chóng zhěng qí gǔ xiàng dí fāng fā qǐ
螳螂將軍傷癒後，訓練部隊重整旗鼓③向敵方發起

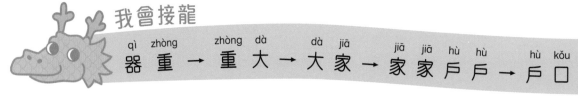

我會接龍

qì zhòng　　zhòng dà　　dà jiā　　jiā jiā hù hù　　hù kǒu
器重 → 重大 → 大家 → 家家戶戶 → 戶口

jìn gōng
進攻。

táng láng de jūn duì sì miàn bāo wéi le dí jūn　　dí jūn qǐ tú shā chū chóng
螳螂的軍隊四面包圍了敵軍，敵軍企圖殺出重

wéi　　　dàn shì chù chù zāo dào jū jī　　zhǐ dé jǔ shǒu tóu xiáng
圍④，但是處處遭到狙擊，只得舉手投降。

注：
① **慎重**：謹慎認真。
② **重蹈覆轍**：再走翻過車的老路。比喻
　　　　　　　不吸取失敗的教訓，重犯
　　　　　　　過去的錯誤。
③ **重整旗鼓**：失敗之後，重新集合力量
　　　　　　　再幹。
④ **殺出重圍**：邊戰邊衝出敵人的包圍圈。

語文遊戲

為成語配對及連線。

重蹈	舊好
重整	疊嶂
重見	重遊
舊地	覆轍
重巒	旗鼓
重修	天日

kǒu jì　　jì qiǎo　　qiǎo hé　　hé zuò　　zuò yè
→ 口技 → 技巧 → 巧合 → 合作 → 作業

miàn
面一
jiǔ huà
（九畫）

bèi shān miàn shuǐ　miàn lín　miàn hóng ěr chì　jiàn miàn
背山面水、面臨、面紅耳赤、見面、

miàn miàn xiāng qù　miàn rú tǔ sè　miàn huáng jī shòu　miàn mù
面面相覷、面如土色、面黃肌瘦、面目、

miàn róng　miàn shàn　shuǐ miàn
面容、面善、水面

6358_037

xiá yì xiāng zhù
俠義相助

dí guó jūn duì jiāng yào gōng rù zhè ge　bèi shān miàn shuǐ de xiǎo zhèn　miàn lín
敵國軍隊將要攻入這個背山面水的小鎮，面臨

shēng sǐ guān tóu　rén men fēn fēn wài chū táo nàn　jiǎ hé yǐ liǎng ge péng you jué
生死關頭，人們紛紛外出逃難。甲和乙兩個朋友決

dìng jié bàn wài táo
定結伴外逃。

tā men hǎo bù róng yì zhǎo dào yì tiáo xiǎo chuán　fù le zhòng jīn　chuán fū cái
他們好不容易找到一條小船，付了重金，船夫才

dā yìng sòng tā men dào wài xiāng
答應送他們到外鄉。

xiǎo chuán jiāng lí àn shí　yǒu yí ge nián qīng rén cōng cōng pǎo lái　tā pǎo
小船將離岸時，有一個年青人匆匆跑來，他跑

de qì chuǎn xū xū　miàn hóng ěr chì　tā xiàng jiǎ yǐ liǎng rén gǒng shǒu zuò le ge
得氣喘吁吁、面紅耳赤。他向甲乙兩人拱手作了個

jiàn miàn lǐ　āi qiú dào　qǐng liǎng wèi xiān sheng dài wǒ tóng qù
見面禮，哀求道：「請兩位先生帶我同去。」

jiǎ yǐ miàn miàn xiāng qù　yì shí bù zhī gāi rú hé yìng duì　jiǎ duì yǐ
甲乙面面相覷①，一時不知該如何應對。甲對乙

shuō　rú jīn shì dào fù zá　shéi zhī dào tā shì ge zěn yàng de rén　wǒ men bié
說：「如今世道複雜，誰知道他是個怎樣的人，我們別

yǐn láng rù shì　nián qīng rén yì tīng　yǐ wéi méi yǒu xī wàng le　dùn shí miàn
引狼入室。」年青人一聽，以為沒有希望了，頓時面

我會接龍

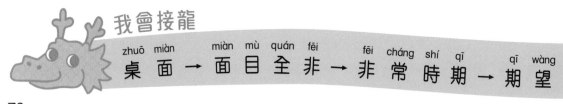

zhuō miàn　　miàn mù quán fēi　　fēi cháng shí qī　　qī wàng
桌面 → 面目全非 → 非常時期 → 期望

78

^{rú tǔ sè}
如土色②。

乙仔細端詳他，見他雖然面黃肌瘦③，但面目
清秀、面容坦然，便説：「看來他很面善④，像是個
讀書人，不妨帶他一路，救人一命吧。」

小船在水面上顛簸行進，船上逃難的三人後來
成了終身好友。

注：

① **面面相覷**：形容大家因驚懼或無可奈何
    而互相望着，都不説話。
② **面如土色**：臉色跟土一樣，沒有血色。
    形容極端驚恐。
③ **面黃肌瘦**：臉色發黃，肌膚消瘦。形容
    營養不良或有病的樣子。
④ **面善**：面容和藹。

語文遊戲

尋找反義詞並連線。

正面　前面　左面　裏面　全面

片面　後面　反面　外面　右面

→ 望見 → 見面 → 面面觀 → 觀察

fēng guāng　fēng yǔ　fēng chén pú pú　fēng jǐng　fēng sú　fēng qíng
風光、風雨、風塵僕僕、風景、風俗、風情、

bié jù fēng wèi　fēng cān lù sù　fēng xuě　fēng làng　fēng hán
別具風味、風餐露宿、風雪、風浪、風寒、

fēng fēng yǔ yǔ　yì qì fēng fā
風風雨雨、意氣風發

6358_038

zhōu yóu shì jiè
周遊世界

zhì míng dà xué bì yè le　　bà mā jué de zì jǐ liǎn shang hěn fēng guāng
志明大學畢業了，爸媽覺得自己臉上很風光①，

xī wàng tā zhǎo dào yí ge hǎo gōng zuò　　kāi shǐ tā de shì yè
希望他找到一個好工作，開始他的事業。

shéi zhī zhì míng lìng yǒu dǎ suan　　tā xiān qù zuò bàn nián jiān zhí　　jī xù le yì
誰知志明另有打算。他先去做半年兼職，積蓄了一

bǐ qián　　rán hòu xuān bù yào dú zì qù huán yóu shì jiè　　jīng fēng yǔ　　jiàn shì miàn
筆錢，然後宣布要獨自去環遊世界，經風雨②、見世面。

tā jīng xīn shè jì le lǚ yóu lù xiàn　　shǐ yòng le lián jià de jiāo tōng gōng
他精心設計了旅遊路線，使用了廉價的交通工

jù　　ān pái le jiǎn dān de zhù sù　　fēng chén pú pú　　de bēn zǒu zài gè dà zhōu dà
具，安排了簡單的住宿，風塵僕僕③地奔走在各大洲大

yáng　　tā xīn shǎng dào gè dì de dòng rén fēng jǐng　　lǐng lüè le gè guó fēng sú hé fēng
洋。他欣賞到各地的動人風景，領略了各國風俗和風

qíng　　cháng biàn le gè mín zú bié jù fēng wèi de měi shí　　yǎn jiè dà kāi
情，嘗遍了各民族別具風味的美食，眼界大開。

lǚ chéng yě shì hěn xīn kǔ de　　tā jīng cháng yào fēng cān lù sù　　yǒu yí
旅程也是很辛苦的。他經常要風餐露宿④，有一

cì zài shā mò guò yè　　lǚ tú zhōng cháng yù dào bào yǔ hé fēng xuě　　yǒu yí cì
次在沙漠過夜；旅途中常遇到暴雨和風雪，有一次

tā de dù jiāng xiǎo chuán bèi fēng làng dǎ fān　　jī hū sòng le mìng　　hái yǒu yí cì tā
他的渡江小船被風浪打翻，幾乎送了命；還有一次他

我會接龍

zuò fēng　　fēng xiǎn　　xiǎn è　　è rén　　rén liú　　liú dòng
作風 → 風險 → 險惡 → 惡人 → 人流 → 流動

shòu le fēng hán　　bìng dǎo zài jiē tóu
受了風寒，病倒在街頭⋯⋯

bàn nián guò qu le　　zhì míng píng ān huí jiā　　jīng lì le fēng fēng yǔ yǔ duàn
半年過去了，志明平安回家。經歷了風風雨雨鍛

liàn de tā　　yì qì fēng fā　　mó quán cā zhǎng zhǔn bèi yíng jiē rén shēng lìng yì xīn
煉的他，意氣風發、磨拳擦掌，準備迎接人生另一新

jiē duàn de kāi shǐ
階段的開始。

注：

① **風光**：體面、有面子。

② **風雨**：比喻艱難困苦。

③ **風塵僕僕**：比喻旅途勞累。

④ **風餐露宿**：形容旅途或野外生活的艱苦。

語文遊戲 ✏️

1. 為成語填空

a. 風起（　　）（　　）　　b. 風華（　　）（　　）

c. 風聲（　　）（　　）　　d. 風燭（　　）（　　）

e. 風（　　）無（　　）　　f. （　　）然成（　　）

2. 以下的雙音節詞中圈出能與「風」組詞的字。

風

趣／玩　　車／輛　　沙／漠　　足／球　　海／浪　　光／日

dòng yáo　　　yáo dòng　　　dòng rén xīn xián　　　xián xiàn
→ 動 搖 → 搖 動 → 動 人 心 弦 → 弦 線

fēi
飛—
jiǔ huà
（九畫）

fēi kuài　fēi huáng téng dá　fēi jī　fēi jī chǎng　fēi yuè
飛快、飛黃騰達、飛機、飛機場、飛躍、

fēi xíng yuán　fēi xíng　fēi xiáng　fēi yuè
飛行員、飛行、飛翔、飛越

6358_039

máng tóng zuò fēi jī
盲童坐飛機

xiǎo yuè fù qīn zhōng nián dé zǐ　　shí fēn gāo xìng　　tā fēi kuài de pǎo qù xiàng
小越父親中年得子，十分高興，他飛快地跑去向

fù mǔ bào xǐ　　　nǐ men yǒu le sūn zi la
父母報喜：「你們有了孫子啦！」

dàn shì　　yì chǎng dà bìng sǔn shāng le xiǎo yuè de shì lì　　fù mǔ běn qī
但是，一場大病損傷了小越的視力。父母本期

wàng tā nǔ lì dú shū　jiāng lái néng fēi huáng téng dá　　gǎi biàn jiā tíng de pín kùn
望他努力讀書，將來能飛黃騰達①，改變家庭的貧困

miàn mào　xiàn zài què
面貌，現在卻……

zhì liáo xiǎo yuè de yǎn jí yǐ jing huā jìn le jiā zhōng jī xù　xiǎo yuè cóng lái
治療小越的眼疾已經花盡了家中積蓄，小越從來

méi yǒu wài chū yóu wán de jī huì
沒有外出遊玩的機會。

jīn nián chūn jié　shè gōng gào zhī xiǎo yuè huò dé le yí ge míng é　kě yǐ
今年春節，社工告知小越獲得了一個名額，可以

miǎn fèi zuò fēi jī zuò yì duǎn tú lǚ xíng
免費坐飛機作一短途旅行。

yì qún máng tóng yào suí jī chū fā le　xiǎo yuè suī rán kàn bu dào　dàn shì
一羣盲童要隨機出發了。小越雖然看不到，但是

néng wén dào fēi jī chǎng de qì wèi　tā de xīn yǐ jing fēi yuè dào le kōng zhōng
能聞到飛機場的氣味，他的心已經飛躍②到了空中。

我會接龍

^{fēi xíng yuán}先給他們介紹飛機和^{fēi xíng}的概況，還準^{hái zhǔn}
^{bèi le}備了^{jǐ ge}幾個^{fēi jī}飛機^{mó xíng}模型^{ràng tā men}讓他們^{yī yī fǔ mō}一一撫摸，^{duì fēi jī}對飛機^{yǒu ge gǎn xìng rèn}有個感性認
^{shi}識。^{fēi jī qǐ fēi le}飛機起飛了，^{xiǎo yuè néng gǎn jué dào zhèng zài shàng shēng}小越能感覺到正在上升，^{gǎn jué dào zì}感覺到自
^{jǐ zhèng zài kōng zhōng}己正在空中^{fēi xiáng}飛翔③。^{fēi jī}飛機^{fēi yuè}飛越^{guò zhěng ge xiāng gǎng}過整個香港，^{bǎ xiǎo yuè}把小越
^{de xīn dài wǎng dào yí ge zhǎn xīn de shì jiè}的心帶往到一個嶄新的世界……

注：
① 飛黃騰達：比喻官職、地位上升得很快。
② 飛躍：飛騰跳躍。
③ 飛翔：盤旋地飛。

語文遊戲 ✏️

請把錯誤的字圈出來，並將正確的答案寫在橫線上。

　　裁判員的口令一下，他飛筷地跑了起來，好似一頭飛

＿＿＿＿＿＿＿＿＿＿＿＿＿＿＿＿＿＿＿＿＿＿＿＿＿＿＿

笨的小鹿，激起塵土飛楊，人們都叫他是飛毛退。

＿＿＿＿＿＿＿＿＿＿＿＿＿＿＿＿＿＿＿＿＿＿＿＿＿＿＿

^{yuǎn fāng} → 遠方 → ^{fāng xiàng}方向 → ^{xiàng qián}向前 → ^{qián chéng}前程 → ^{chéng dù}程度

shǒu
首 —
jiǔ huà
（九畫）

shǒu fù　shǒu shì　shǒu wěi xiāng jiē　shǒu qī　shǒu cì
首富、首飾、首尾相接、首期、首次、

shǒu qū yì zhǐ　shǒu xiān　shǒu zhǎng　shǒu dāng qí chōng
首屈一指、首先、首長、首當其衝

6358_040

shǒu　fù　bù　hǎo　dāng
首富不好當

dīng dāng guó měi nián píng xuǎn chū quán guó de shí dà fù wēng　jīn nián de shǒu
玎鐺國每年評選出全國的十大富翁，今年的首

fù　shì shǒu shì dà wáng niú dà wàng
富①是首飾大王牛大旺。

dà wàng běn shì cǎi bàng de yú mín　yǒu yí cì　tā xīn xuè lái cháo　bǎ
大旺本是採蚌的漁民。有一次，他心血來潮，把

cóng bàng li wā chū de yì kē kē zhēn zhū chuān chéng yì cháng tiáo　shǒu wěi xiāng jiē
從蚌裏挖出的一顆顆珍珠穿成一長條，首尾相接

dǎ ge jié　wǎng nǚ ér jǐng shang yí tào　rén rén dōu shuō měi　zhè qǐ fā le dà
打個結，往女兒頸上一套，人人都説美。這啟發了大

wàng　tā jiù bǎ zhēn zhū zuò chéng gè zhǒng shì pǐn chū shòu　yì nián zhī hòu　zhuàn dào
旺，他就把珍珠做成各種飾品出售，一年之後，賺到

le yí dà bǐ qián　fù le fáng kuǎn de shǒu qī　yǒu le zì jǐ de zhù fáng　shǒu
了一大筆錢，付了房款的首期，有了自己的住房，首

cì chéng le hù zhǔ
次成了户主。

zhī hòu　tā de shì yè dà fā zhǎn　hǎo jǐ jiā shǒu shì lián suǒ diàn kāi zhāng
之後，他的事業大發展，好幾家首飾連鎖店開張，

zhuàn de pén mǎn bō mǎn　chéng wéi guó nèi shǒu qū yì zhǐ　de fù wēng
賺得盆滿缽滿，成為國內首屈一指②的富翁。

suí jí ér lái de shì fán nǎo　shǒu xiān　tā bì xū gǎo hǎo yǔ gè jí shǒu
隨即而來的是煩惱：首先，他必須搞好與各級首

我會接龍

zì shǒu　shǒu chuàng　chuàng zào　zào jiù　jiù yè　yè wù
自首 → 首創 → 創造 → 造就 → 就業 → 業務

^{zhǎng} 長③和官員的關係，否則在業界立不住腳；每次的慈

^{shàn huó dòng tā zǒng shì shǒu dāng qí chōng}
善活動他總是首當其衝④，人們都盼望他帶頭捐

^{kuǎn suǒ yǒu de qīn qi péng you dōu xiàng tā yǒng lái qiú tā shēn chū yuán shǒu}
款；所有的親戚朋友都向他湧來，求他伸出援手……

^{niú dà wàng cháng tàn yì shēng shǒu fù bù hǎo dāng a}
牛大旺長歎一聲：首富不好當啊！

注：

① **首富**：指某個地區中最富有的人或人家。

② **首屈一指**：彎下手指頭計數，首先彎下大拇指，
表示第一。

③ **首長**：政府或軍隊各部門中的高級領導人。

④ **首當其衝**：比喻最先受到攻擊或遭遇災難。

1. 為成語配對並連線。

首當	一指
首屈	禍首
首尾	呼應
罪魁	其衝

2. 「首」是「第一、最重要」的意思，試寫出五個「首」字
開頭的詞語。

_____

_____

^{wù bì bì yào yào sù sù zhì zhì liàng}
→ 務必 → 必要 → 要素 → 素質 → 質量

6358_041

yí rì jiāo yóu
一日郊遊

我爸爸平日工作很忙,可是只要一放假,他就帶我們出去遊玩。他經常說:「我們要多點運動,身心健康是最重要的,我一定要保證我家人個個健康長壽。」他自己天天堅持運動一小時,是全家人的表率。

前天是星期天,雖然他身體有些不舒服,但仍然說:「走,我帶你們去騎自行車!有點不舒服是小事情,不用看病吃藥,運動一下就好了。」

我們家裏每人都擁有一輛自行車，每人都配有防止跌傷的頭盔。騎車是我們共同的愛好。每次騎車爸爸都會一再提醒：「安全第一！」

爸媽帶領我和弟弟在自行車道上飛馳，郊外的車輛不多，空氣清新，微風吹拂着我們的面頰，舒服極了。路旁綠樹成行，鮮花怒放，春回大地，景色十分美麗。

我們來到一個農莊休息，我是首次來到農莊。吃過速食後，農莊主人帶我們參觀農莊，我看到了以前從來沒見過的櫻桃樹、藍莓枝，和生長在泥土中的百合和薯類。他告訴我們說，今年的天氣很好，蔬菜和莊稼的收成都很理想。他指着一片果樹說：「等到收穫水果的時候你們再來，一定讓你們吃個飽！」今天還有兩對新人來此農莊，借用這裏的美景拍攝結婚照，我們向新郎新娘打招呼，祝他們百年好合，白頭偕老！

這裏雖然不是什麼著名的旅遊點，但是我們玩得很痛快。到了該回家的時候了，再次騎上車時，弟弟說：「我的兩腿沉甸甸的，恐怕騎不動了，最好有位神仙來幫我飛回家。」我們都很着急，爸爸有辦法，說：「誰要吃雪糕？路口有一家名牌雪糕店，要吃跟我來！」弟弟相信了他的話，二話不說，馬上騎上車，逗得我們哈哈大笑。我有一位多麼聰明的爸爸！

語文遊戲答案

1. 名：名川大山、莫名其妙、名存實亡、名不虛傳、名垂青史、
   名勝古跡、名正言順

2. 合：1. 合意——中意、合作——協作、合同——合約、
        同心合力——齊心合力、合情合理——合乎情理
     2. 合法——違法、合意——違意、合併——分開、合力——分力、
        合資——獨資、合羣——孤獨

3. 回：回家、回饋、回顧、回歸

4. 地：1. a.地廣人稀、b.地大物博、c.地老天荒、d.天翻地覆、e.地動山搖、
        f.地利人和
     2. 天南地北、天造地設、天旋地轉

5. 多：多姿多彩、多種多樣、多面手、多才多藝、多多益善

6. 好：1. 好看——美觀、好笑——可笑、好聽——悦耳
        好像——好似、好手——高手、好評——讚揚
     2. 好意——惡意、好吃——難吃、好看——醜陋
        好轉——惡化、好心——壞心、好友——損友

7. 安：1. 安度、安康、安心、安裝、安閒、安詳
     2. a.心神不安、b.安於現狀、c.坐立不安、d.安分守己、e.安家立業、
        f.安家落戶

8. 年：年糕、年花、春聯、年夜飯、鞭炮

9. 成：成就——成果、成立——建立、成名——出名、變成——成為、
   成因——原因、成長——生長、現成——現有

10. 收：a.美不勝收、b.收放自如、c.收羅人才、d.收買人心、e.收支平衡、
    f.名利雙收

11. 有：有求必應、有板有眼、有氣無力、有始無終、有朝一日、有目共睹

12. 自：1. 自尊心、自重、自立、自愛、自卑
     2. a.自言自語、b.自力更生、c.不自量力、d.自告奮勇、e.自強不息、
        f.公道自在人心

13. 行：前三個「行」讀 xíng；後三個「行」讀 háng。

14. 作：弄虛作假、自作自受、一鼓作氣、裝模作樣、作威作福

15. 沉：沉靜、沉思、沉悶、沉浸

16. 身：1. a.身體力行、b.以身作則、c.身臨其境、d.言傳身教、e.感同身受、
        f.身外之物
     2. a.身材、b.身心、c.身手、d.身軀、e.身體

17. 車：(1) 火車、車站、車廂
　　　(2) 車主、開車、車道、車胎、車輪

18. 防：邊方（防）、妨守（防）、仿禦（防）、提坊（防）

19. 事：參考答案：辦事之前先做好充分準備，就能做到事半功倍；
　　　否則的話，會浪費很多時間，事倍功半。

20. 來：來賓——賓客、來臨——來到、近來——最近、來年——明年、
　　　原來——本來、從來——向來

21. 放：1. 放工——上工、放鬆——緊張、放心——擔心、放棄——堅持、
　　　釋放——抓捕、放手——抓緊、放生——屠殺
　　　2. 放膽——大膽、放縱——縱容、放鬆——鬆懈、放羊——牧羊、
　　　放火——縱火、放任——聽任、放置——擺放

22. 明：1. a.黑白分明、b.明辨是非、c.明察秋毫、d.燈火通明、
　　　e.精明強幹、f.耳聰目明、g.眼明手快、h.明知故問
　　　2. 光明——黑暗、聰明——愚蠢、明顯——模糊、明白——糊塗

23. 法：法律、法院、法官、法庭、法網、執法、繩之以法

24. 空：「空間、空氣」中的「空」讀 kōng；「空檔、空地、空閒」中的
　　　「空」讀 kòng。

25. 花：1. 花木、花盆、花粉、花籃、花招、花費
　　　2. 參考答案：花燭——燭花、花紅——紅花、花市——市花、
　　　花茶——茶花、花插——插花

26. 表：1. 表寅（演）、義表（儀）、手表（錶）、表清（情）、
　　　俵現力（表現力）
　　　2. 表達、表揚、表露、表格、表現

27. 長：「長勢喜人、生長」中的「長」讀 zhǎng；「長此以往、長年累月、
　　　一技之長」中的「長」讀 cháng。

28. 信：1. 信仰——信奉、信任——信賴、信用——信譽、音信——信息、
　　　信從——聽從
　　　2. 相信——懷疑、守信——失信、收信——回信、信服——反對、
　　　言而有信——信口開河

29. 保：保養、保持、保修、保證、保障

30. 前：1. 先前、前途、前往、之前
　　　2. 近義詞：奮勇向前
　　　反義詞：畏縮不前、前怕狼後怕虎

31. 指：a.屈指可數、b.首屈一指、c.指鹿為馬、d.指指點點、
　　　e.指桑罵槐、f.指名道姓、g.指日可待、h.指手劃腳、

32. 相：1. 相鄰、相敬如賓、互相、相安無事
　　　 2. 參考答案：相似——相仿、相像、相近、相同、相差無幾
　　　　　　　　　　 相稱——相當、相配、相應、相等

33. 看：1. 看
　　　 2.「看家、看守、看護」中的「看」讀 kān；
　　　　「看待、照看、看不見」中的「看」讀 kàn。

34. 神：1. 近義詞：
　　　　　神不守舍、神魂不定；
　　　　　料事如神、用兵如神、神機妙算；
　　　　　神乎其神、神工鬼斧、神來之筆
　　　 2. 參考答案：上課的時候，同學們都聚精會神地聽老師講課。

35. 美：美食家、美味、美食、美景、美妙

36. 重：重蹈覆轍、重整旗鼓、重見天日、舊地重遊、重巒疊嶂、重修舊好

37. 面：正面——反面、前面——後面、裏面——外面、左面——右面、
　　　 全面——片面、

38. 風：1. a.風起雲湧、b.風華正茂、c.風聲鶴唳、d.風燭殘年、e.風雨無阻、
　　　　　f. 蔚然成風
　　　 2. 風趣、風車、風沙、風球、風浪、風光

39. 飛：飛（筷）——快、飛（笨）——奔、飛（楊）——揚、
　　　 飛毛（退）——腿

40. 首：1. 首當其衝、首屈一指、首尾呼應、罪魁禍首
　　　 2. 參考答案：首屆、首腦、首府、首日封、首席代表

附錄：小學生語文學習字詞表

（本表字詞來自香港教育局編印的香港學生「小學學習字詞表」，以及由這些字和詞語引伸出去的常用詞語。紅色字是書中故事出現的詞語。）

六畫

1. 名——出名、名家、名門、名將、名人、名字、名次、名單、名貴、名稱、名義、名額、名譽、名片、名不副實、名列前茅、名聲大振、名落孫山、名副其實、名垂千古

2. 合——合適、合意、合攏、合作、合力、合共、合計、合格、合理、合照、合乎、合成、合法、合約、符合、合唱、合羣、合不攏嘴、合情合理、同心合力

3. 回——回復、回來、找回、回聲、回蕩、回家、回饋、回顧、回擊、回憶、回收、回應、回信、回程、回想、大地春回、回首往事、妙手回春、回味無窮、回頭是岸

4. 地——地區、地帶、土地、地勢、天地、地上、地下、地球、地心、地面、地方、地址、地位、地點、地圖、地鐵、地理、地震、地下室、地心引力

5. 多——很多、多麼、多虧、多種、多樣、多久、多半、多數、多餘、多心、多嘴、多疑、多面手、多元化、多邊形、多媒體、多姿多彩、多如牛毛、多事之秋、多此一舉

6. 好——好手、好評、好奇、好看、好比、好笑、好聽、好像、好好、好玩、好處、好多、好久、好容易、好不容易、好聲好氣、好景不長、好事多磨、好心好意、一番好意

7. 安——安心、安度、安定、安穩、安閒、安排、安康、安靜、安然、安寧、安慰、安全、安危、安頓、安眠、安全島、安家立業、安居樂業、安分守己、安家落戶

8. 年——年底、年關、年初、拜年、年獸、老年、新年、年花、過年、年貨、年糕、年份、年青、年紀、年宵、年級、年齡、年畫、年曆、年夜飯

9. 成——成人、成就、成立、變成、成本、成為、完成、成敗、成熟、成語、成績、成功、成年、成長、成千上萬、一事無成、成家立業、百煉成鋼、成年累月、成人之美

10. 收——接收、收藏、收集、收穫、收工、收拾、收購、收費、收效、
    收入、收成、收拾、收容、收割、收縮、收留、收復、收據、
    收錄機、美不勝收

11. 有——有用、有趣、有限、有助、有錢、有害、有意思、有求必應、
    有板有眼、有氣無力、有頭無尾、有始無終，有朝一日、有志
    者事竟成、有口無心、有目共睹、年輕有為、有的放矢、有聲
    有色、有條不紊

12. 自——自由、自在、自如、自此、自己、自大、自私、自學、自然、
    自以為、自助餐、自來水、洋洋自得、自高自大、自鳴得意、
    自食其力、自給自足、自始至終、自覺自願、自強不息

13. 行——步行、旅行、推行、行人、進行、行動、行善、行駛、行醫、
    行列、行政、行星、舉行、內行、同行、罪行、人行道、行人
    天橋、行人隧道、各行各業

七畫

14. 作——寫作、作品、傑作、作文、當作、著作、作風、作者、作弊、
    作為、作家、作用、作曲、作業、作弄、振作、弄虛作假、自
    作自受、有所作為、天公不作美

15. 沉——沉睡、沉默、沉寂、沉靜、沉思、沉悶、沉浸、沉沒、沉痛、
    沉重、沉甸甸、石沉大海、沉積、沉著、下沉、沉醉、沉浮、
    沉迷、沉陷、沉著應對

16. 身——身材、身心、身後、轉身、身軀、身邊、自身、身高、身體、
    下身、翻身、身手、身份、奮不顧身、身體力行、以身作則、
    身臨其境、言傳身教、感同身受、身外之物

17. 車——卡車、電車、車道、汽車、車胎、車輪、車輛、車手、車技、
    車站、車廂、車仔麵、旅遊車、電單車、自行車、機動車輛、
    車水馬龍、公共汽車、杯水車薪、車到山前必有路

18. 防——防止、防範、防備、防震、防禦、防盜、防綫、防守、防空、
    防衛、提防、防盜術、防彈衣、防護林、防空洞、防身術、防
    不勝防、以防萬一、防微杜漸、防暴員警

八畫

19. 事——辦事、事情、事先、事件、事項、事務、事後、事物、事業、
    事故、事跡、事實、事半功倍、事倍功半、事在人為、事出有
    因、國家大事、平安無事、事態嚴重、事與願違

20. 來——原來、到來、來到、帶來、向來、來賓、來臨、來年、來自、
　　　來信、來客、來往、從來、來源、來歷、來得及、來來回回、
　　　來歷不明、來日方長、來龍去脈

21. 放——放學、放羊、放鬆、放開、放聲、放火、放肆、放手、放過、
　　　放心、放映、放假、放射、放寬、放鞭炮、放大鏡、百花齊放、
　　　放聲痛哭、放眼未來、放眼世界

22. 明——明顯、明白、明亮、失明、聰明、光明、明媚、明天、明晃晃、
　　　明閃閃、明信片、黑白分明、明澈如鏡、明辨是非、明察秋毫、
　　　燈火通明、精明強幹、耳聰目明、眼明手快、明知故問

23. 法——法律、法制、法規、犯法、違法、法辦、法紀、執法、依法、
　　　法制、加減法、目無法紀、繩之以法、法令、法例、法則、法案、
　　　方法、合法、效法

24. 空——空虛、空曠、空氣、空手、空置、空前、空洞、空想、空調、
　　　空隙、空缺、空落落、空蕩蕩、空城計、挖空心思、空前絕後、
　　　晴空萬裏、空空如也、空中樓閣、空口無憑

25. 花——花市、花草、花農、花圃、花木、年花、花叢、花仙、插花、
　　　花燈、花束、盆花、花朵、花苞、棉花糖、花花綠綠、花言巧語、
　　　花天酒地、花紅柳綠、花花世界

26. 表——表弟、表演、表明、表哥、表態、表姐、表示、表情、儀表、
　　　表達、表揚、表現力、表面、表彰、外表、表白、表決、深表
　　　同情、為人師表、表裏如一

27. 長——生長、年長、長大、長者、師長、長期、擅長、長住、長處、
　　　長遠、長久、長途、長生不老、長籲短嘆、長夜漫漫、長此以
　　　往、取長補短、一技之長、長話短説、長年累月

九畫

28. 信——信紙、信封、信件、資訊、書信、信箱、回信、信鴿、信心、
　　　信徒、信念、信號、威信、口信、信用卡、通風報信、音信全無、
　　　信口雌黃、言而有信、信口開河

29. 保——保安、保鏢、保密、保障、保護、保持、保管、保佑、保重、
　　　保守、保姆、保健、保衛、保險、保存、保留、保鮮、保溫、
　　　保齡球、保護色

30. 前——前面、前提、前夕、前輩、前後、前鋒、前腳、前方、前景、
　　　前程、前進、前線、前仰後合、前所未有、畏縮不前、勇往直
　　　前、前功盡棄、前赴後繼、前因後果、前怕狼後怕虎

31. 指——指出、指教、指點、指紋、指控、指導、指責、指望、指示、
指正、指南針、屈指可數、首屈一指、指鹿為馬、指指點點、
指桑罵槐、指名道姓、指日可待、指手畫腳、伸手不見五指

32. 相——相仿、相近、相同、相處、互相、相思、相信、相關、相差無幾、
相安無事、相濡以沫、相依為命、相提並論、好言相勸、相持
不下、一脈相傳、旗鼓相當、相得益彰、相輔相成、相映生輝

33. 看——看護、看待、照看、看望、看齊、看上、看來、看病、看管、
看中、看重、看見、看懂、看穿、看顧、看到、看法、看不起、
另眼相看、看風使舵

34. 神——神奇、神怪、神仙、神情、神態、神話、神秘、神經、神色、
神氣、神聖、神速、神效、費神、凝神、神乎其神、聚精會神、
神不守舍、疑神疑鬼、神不知鬼不覺

35. 美——美國、美景、美麗、美術、美餐、美食、美滿、美好、美觀、
美感、美德、美工、美夢、美化、美譽、美滋滋、美不勝收、
價廉物美、美中不足、成人之美

36. 重——重用、重任、敬重、重傷、重視、慎重、尊重、重要、重逢、
重陽節、九重霄、重蹈覆轍、重整旗鼓、殺出重圍、情深義重、
重見天日、舊地重遊、重巒疊嶂、重修舊好、遠涉重洋

37. 面——面臨、見面、面目、面容、面善、水面、面積、面頰、面對、
面具、面紅耳赤、背山面水、面面相覷、面如土色、面黃肌瘦、
面目全非、面面俱到、面南坐北、面無人色、面目一新

38. 風——風光、風雨、風景、風俗、風情、風雪、風浪、風寒、風風雨雨、
意氣風發、風塵僕僕、別具風味、風餐露宿、風馳電掣、移風
易俗、風調雨順、風雨同舟、聞風而動、風吹草動、風馬牛不
相及

39. 飛——飛起、飛快、飛機、飛躍、飛行、飛翔、飛越、飛跑、飛漲、
飛馳、飛彈、飛舞、飛行員、飛機場、飛黃騰達、飛蛾投火、
飛來橫禍、龍飛鳳舞、飛沙走石、飛簷走壁

40. 首——首富、首飾、首期、首次、首先、首長、首要、首腦、首選、
首席、首都、首領、首相、首創、首當其衝、首尾相接、首屈
一指、昂首闊步、首尾呼應、罪魁禍首

趣味識字‧組詞漢語拼音故事2

白兔請客

編　　　著：宋詒瑞

繪　　　圖：rocky

策　　　劃：甄艷慈

責任編輯：潘宏飛　　曹文姬

美術設計：何宙樺

出　　　版：新雅文化事業有限公司

　　　　　　香港英皇道499號北角工業大廈18樓

　　　　　　電話：(852) 2138 7998

　　　　　　傳真：(852) 2597 4003

　　　　　　網址：http://www.sunya.com.hk

　　　　　　電郵：marketing@sunya.com.hk

發　　　行：香港聯合書刊物流有限公司

　　　　　　香港新界大埔汀麗路36號中華商務印刷大廈3字樓

　　　　　　電話：(852) 2150 2100　　傳真：(852) 2407 3062

　　　　　　電郵：info@suplogistics.com.hk

印　　　刷：中華商務彩色印刷有限公司

　　　　　　香港新界大埔汀麗路36號

版　　　次：二〇一五年七月初版

　　　　　　10 9 8 7 6 5 4 3 2 / 2015

版權所有　●　不准翻印

ISBN: 978-962-08-6358-5

© 2015 Sun Ya Publications (HK) Ltd.

18/F, North Point Industrial Building, 499 King's Road, Hong Kong.

Published and printed in Hong Kong